《我们深圳》
首部全面记录
深圳人文的非虚构图文丛书

我们深圳

# THE OLD STREET

# 她的老街

## 1979－1983

◎张黎明／著

深圳报业集团出版社

1986年，蛇口口号——「时间就是金钱，效率就是生命。」（江式高 摄）

1987年1月，深南大道正式通车（叶光明 摄）

她的老街 1979—1983

东门的昨天一（吕翔 摄）

1982 年的深圳花市

东门的昨天二（吕翔 摄）

深圳中学（何煌友 摄）

1984年9月4日，国贸大厦封顶（江式高摄）

她的老街
1979—1983

（注：002-009 页图片为深圳报业集团图片社提供）

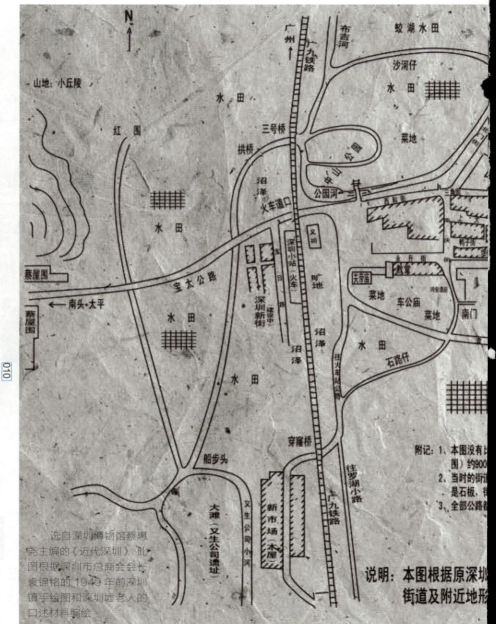

N↑

山地：小丘陵

红围

水田

拱桥

三号桥

沼泽

火车道口

蔡屋围

宝太公路

← 南头·太平

蔡屋围

水田

水田

水田

广州 →

九铁路

布吉河

较湖水田

沙河仔

水田

菜地

中山公园

公园河

深圳小站（火车）

深圳新街

建设中

沼泽

叉间

旷地

沼泽

往火车站公路

高级局

三角市

商业

大天后官

关帝官

女师

济生酒店

菜地

车公庙

菜地

石路仔

南门

南门

船步头

穿窿桥

九铁路

往罗湖小路

大滩（又生公司遗址）

又生公司小河

新市场木屋

附记：1、本图没有比
围）约900
2、当时的街道
是石板，街
3、全部公路都

说明：本图根据原深圳
街道及附近地形

选自深圳博物馆蔡惠
尧主编的《近代深圳》，此
图根据深圳市总商会会长
袁锦铭的1949年前深圳
镇手绘图和深圳墟老人的
口述材料编绘

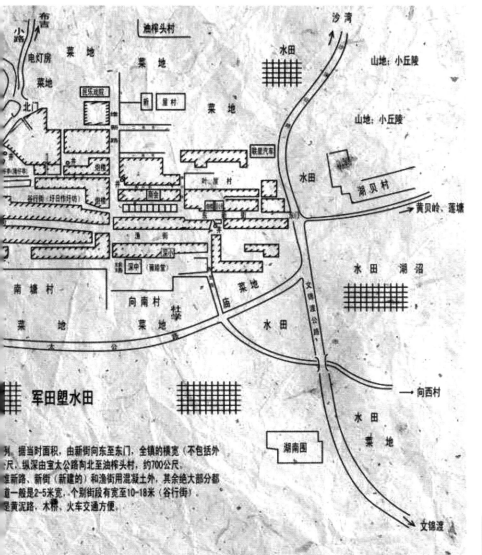

军田塑水田

列，据当时面积，由新街向东至东门，全镇的横宽（不包括外
尺，纵深由宝太公路向北至油榨头村，约700公尺。
准新路、新街（新建的）和渔街用混凝土外，其余绝大部分都
道一般是2-5米宽，个别街段有宽至10-18米（谷行街）。
是黄泥路，木棚，火车交通方便。

**市总商会副会长袁锦铭一九九二年四月绘《深圳镇一九四九年（新中国成立前）
简图》及深圳墟老人的口碑材料重绘。**

20 世纪 70 年代，
深圳口岸旅检业务的布
局分散、设备陈旧，旅
客来回跑动浪费很多时
间（杨德祺作品）

20世纪80年代的深圳经济开始起飞。图左的建筑是博雅画廊旧址，汽车正待火车过后驶往老街方向（杨德祺作品）

从华侨大厦向东眺望，乘客下火车后蜂拥前往停车场，一派热闹的情景。画中的建筑已被新的罗湖火车站所取代。后面的罗湖山早已铲平（杨德祺作品）

005

# 总序

## 我们深圳

《我们深圳》?

是的。我们,而且深圳。

所谓"我们",就是深圳人:长居深圳的人,暂居深圳的人,曾经在深圳生活的人,准备来深圳闯荡的人;是所有关注、关心、关爱深圳的人。

所谓"深圳",就是我们脚下、眼前、心中的城市:是深圳市,也是深圳经济特区;是撤关以前的关内外,也是撤关以后的大特区;是1980年以来的改革热土,也是特区成立之前的南国边陲;是现实的深圳,也是过去的深圳、未来的深圳。

《我们深圳》丛书,因"我们"而起,为"深圳"而生。

这是一套"故园家底"丛书,它会告诉我们:深圳从哪里来,到哪里去,路边有何独特风景,地下有何文化遗存。我们曾经唱过什么歌,跳过什么舞,点过什么灯，吃过什么饭，住过什么房，做过什么梦……

这是一套"城市英雄"丛书，它将一一呈现：在深圳，为深圳，谁曾经披荆斩棘，谁曾经独立潮头，谁曾经大刀阔斧，谁曾经侠胆柔情，谁曾经出生入死，谁曾经隐姓埋名……

这是一套"蓝天绿地"丛书，它将带领我们遨游深圳天空，观测南来北往的鸟，领略聚散不定的云，呼叫千姿百态的花与树，触碰神出鬼没的兽与虫。当然，还要去海底寻珊瑚，去古村采异草，去离岛逗灵猴，去深巷听传奇……

这是一套"都市精灵"丛书，它会把美好引来，把未来引来。科技的、设计的、建筑的、文化的、创意的、艺术的……这座城市，已经并且正在创造如此之多的奇迹与快乐，我们将召唤它们，吟诵它们，编织它们，期待它们次第登场，——重现。

　　这套书，是都市的，是时代的。

　　是注重图文的，是讲究品质的。

　　是故事的，是好读的，是可爱的，是美妙的。

　　是用来激活记忆的，是拿来珍藏岁月的。

　　《我们深圳》，是你的！

胡洪侠

2016 年 9 月 4 日

# 目录

## CONTENTS

相关文献

# 第三章　石子路时代

1979 年 3 月成立深圳市，它基本上还是原本的小城镇格局。从高处，爬上炮楼或登上新安酒家四楼，往下看就一目了然。四通八达的田野中央窝着数条小街组合的一个大井字，大井字里头又有好些小巷组成的小井字。在大井字里走一圈不过十来二十分钟。两条又窄又有点曲折的小街巷，斜着从东南到西北的小街叫南庆街，另一条叫永新街。

# 十字街旧事

# 火车站

1979 年夏天，一趟从广州至深圳的列车开出了。

她坐在靠车窗的位置，这一回不是几天的探亲而是真正的回老家了。贴身的包，就是那个年代人们常用的已经洗得很白的黄挎包，没有斜过胸前，也没有挎在单肩，小心翼翼搁在腿上，里面有工作调令、户口迁移证明、粮食迁移证明，重要极了，一样也不能少，少了就没了这个人。要在城里活，得凭上面的"证明"才能入户，凭这个户口买吃的穿的用的……

父亲离休返深，她也跟回来了。一个老式挎包和一个老式的帆布墨绿色旅行袋，就把所有都装回来了。

她和那些绿皮老火车很和谐，哐当哐当的硬座老火车属于国家标准，运行在佛山至广州这大中城市间的火车也不例外。运气不好，还只有闷罐子车，那叫"牛车"的车厢，不但没有座位，窗户也只有一本杂志大小，厢板壁上有疑似拴牛的圆铁环。挤进牛粪和火车混合的闷臊味里，似乎也没有特别的难受。那阵子的人对气味不敏感，而空气中的味道也没脏到失去调节的功能……

她这天坐的不是绿皮老火车，而是那个年代里的列车贵族。从广州到深圳的列车，与今天的差不了多少档次，有空调，椅子背靠上是针织钩花铺垫，尤其那餐车，不要说吃，坐在那里都感到幸福得十分饱肚子。她所见的最舒适和整洁的列车，也就是 2016 年坐的"和谐号"，那种清爽恰到好处，有闭上眼睛就可以睡的感觉。而当年，有好几回，她很想返回家

1979 年的深圳火车站广场外，难得的一辆中巴，难得的雨后天晴。这天澳大利亚采石专家宾杜加的妻女来深圳，一眼看到火车站外的自行车就"着迷"了，非要溜一圈不可，她于是成了小女孩的陪客（宾杜加 摄）

20 世纪 70 年代的她，脑子里装着画画的梦，自从坐上 1979 年那趟开往深圳的列车，此梦就真正成了梦想，后来就连想也没时间想了。那遗忘的速度就像被列车抛离的瞬间，眨眼就消失了

乡深圳，其实就是想乘那趟列车。如果工资不是只有 30 多元，办边防证也不容易，她真的会每周坐一趟这样舒适的列车。

广州至深圳，运行大概要 3 至 4 小时。深圳站就是深港边界的罗湖火车站，售票处、候车室和检票口，全都涂抹上铁路绿，且和 20 世纪 50年代的小站一个模式。她 2013 年从承德去内蒙古赤峰，那一趟慢车几乎站站停靠，那些小小的暗绿色火车站，令时光突然倒流，恍惚中惊叹，正是 1979 年的深圳火车站。

1979 年的她，脑子就如她身上那俗称"红卫装"的蓝布衣一样简单，大街上远远看去，全是这样单纯的蓝蚂蚁色彩。她没多想自己要去的这个深圳有多少故事，在省城出生，隔三年五年，就跟着父母回家看看，那青灰色的山和翠绿的树，还有清清见底的小河。这列舒适的火车，这

其实不用查看证件，一眼看去，大街上那些白上衣蓝黑裤子再加一部自行车，就是深圳人（张伟明供图）

车上与她一样的返乡人……似乎都让她蠢蠢欲动。她把手臂搁在茶几上，托着腮帮透过那薄薄的透花窗纱，看着一路疾去的不会凋零的田野。这种北方永远不会有的绿色四季，她一下子就满足了，不再动。

她行李中，速写本和笔，可以随时拿出来。她回深圳前在设计室当美工，习惯了随时拿出速写本涂抹涂抹。这次她没动，小心翼翼地捂着那颗心，免得跳出来与列车同一速度，惊扰了窗外的初秋。

没多想什么，也没什么可想，只能随手画些美美的画。这个很随意的念头，后来成了没有完成的初衷，只能留下这些列车上的记忆。

那时候恰恰没想过写作，更不知道这条从香港穿过深圳直到广州的广九铁路，是有历史的铁路。它于 1911 年 8 月 14 日正式通车，这是什么概念？京张铁路 1909 年 9 月 24 日通车，那是詹天佑，中国人自己设计的第一条中国铁路。

还需要说什么呢？

"旅客们、香港同胞们，前面就是终点站深圳了……"

列车广播的音调和 2016 年的"和谐号"的广播音调同样没什么抑扬顿挫。历史就是怪，总会在某些地方留下它的蛛丝马迹，好像人类发展史留下的一节小小的尾椎骨。

出火车站，东边建设路，西边和平路。站在路边上，眼前一片低洼地，刚刚被大雨冲刷过的路一片黄水一片泥泞，浊水里漂满了乱七八糟的可乐罐、烂鞋、树枝以及包装袋什么的。几辆破旧的解放牌汽车停靠在华侨旅行社的门前，车厢横挂着一条又皱又湿的大标语：欢迎你——深圳的开荒牛。

1978 年末，深圳要改建为市的消息已不胫而走，广州、佛山、惠阳地区输送了一批批干部到深圳。

1979 年 3 月，宝安县被批准改建为深圳市。这是集结号，可以来的都向着深圳奔来了，差不多全是蓝蚂蚁，最多也就掺和些灰和白的单色。搭乘了这趟贵族列车轰隆轰隆呼啸着来了，然后是老老实实地胼手胝足筚路蓝缕拓荒创业，

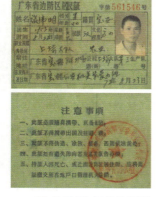

20 世纪 70 年代的深圳居民证（张伟明供图）

这些不复杂的单色蚂蚁建设了一个五彩缤纷的现代化都市。

　　各地的转业军人和干部以及工程兵部队以集体名义进入深圳，应该可以享受解放牌汽车的迎接待遇。

　　她属于没有人接的个体。她走出车站，还没站稳，几十个黑瘦精干光着上身的单车佬猛扑过来，抢劫般一把抓了她的行李。抢到这一难得之货，即张开粗糙的大手护着，咧嘴笑，一张嘴就是她的客家乡音，还古怪地夹杂着"白话"（广州话）：三毫纸！

1980 年的火车站大门外，竖起了许多广告牌，还有港澳盛行、深圳还是新鲜事物的招手即停的"的士"，只是 1979 年那些赤膊的"单车佬"哪里去了？这也算创业年代的一"佬"说没就没了……（罗恩·策史葛 摄）

三毫纸！新园！新园！

她惊讶了：三毛钱去新园！怎么知道去新园？

一身汗的单车佬眨巴着眼睛很迷惑：不是香港就是新园，一看就知道你不是吃咸水的……不去新园去哪里？去新园。

来开拓的人都被安排住新园招待所。20 世纪 70 年代末，单车佬比谁都清楚这些从火车上下来，背着那种挎包和旅行袋的人几乎只有一个方向：新园招待所。

她笑了，悟出像自己这样的个体应该很多。

她突然有些犹疑：建材局，你知道吗……

单车佬大叫，知道知道，就在人民路工业局里面，不知道的人不好找，离新园没有两步路。

是先回东郊的家还是先报到？人民路离东郊不远，行李也不多，那就先报到吧。

她坐上了这1979年的"出租车"。这种广东人叫"单车"的交通工具是当时中国的特色，是中国穷的象征。2016年还有人骑着这种前后两个轱辘的脚踏车，这些骑客已非贫穷而是环保了。

单车上路了，那路是泥疙瘩和石头还有雨水混合的浆路。车子急急地划破浆面，车轮溅起了大片泥水，生出了两片浊黄色的翼。这辆老掉牙的破车（所有的单车都是这样的破旧）在凹凸不平的路上一会儿颠一会儿晃，吱吱呀呀响声不断。她咬着牙，紧抓了单车佬座椅下的杆，避免从上下左右颠晃的尾架上掉下来。

就这样，她从火车站走出来，以这样的方式进入了这个刚刚诞生了几个月的深圳市。

大概是1990年，也就是10年后，她查找资料的时候才知道脚下的历史，上溯至6000年前的新石器时代。

这里界定于东周列国南虞时期，隶属南交，已有2800年历史。秦时属南海郡番禺辖地。汉与三国时期属博罗县管辖。直至东晋成帝咸和六年（331年）始建县，曰宝安，隶属东官郡，县治与郡治同设于今天深圳南山区南头古城一带。隋开皇十年（590年）废东官郡，宝安县改属广州总管府。唐肃宗至德二年（757年）宝安并入东莞县，属广州都督府，五代时属兴王府，宋时又属广州都督府。至明神宗万历元年（1573年）建立新安县，辖地包括今天的香港全境，深圳大部分和东莞东及东南部分地区，为广州治下，县治机关设在今天深圳的南头古城。清道光

1949年11月罗湖
桥上的分界过境口（深
圳市东江纵队老战士
联谊会资料）

二十二年（1842年）清政府签订的《南京条约》割让了香港岛。公元
1860年签订的《北京条约》，割让了九龙。1898年签订的《中英展拓香
港界址专条》，将莲塘河、罗湖河（深圳河）以南、九龙界限街及附近
岛屿租借给英国人。民国三年（1914年）废新安县，复名宝安县，属粤
海道。

　　这些数字很枯燥，她却敏感了，被这些数字打击了。她很迫切地想
知道，新安县的疆土在割让和租借给英国人后，去掉了1066平方公里，
所剩多少？

　　她在多个版本的历史书寻找不获，中国很大？不在乎？

　　她只有推想，今天的深圳市就是剩下的。据百度上查到的数字：
1953平方公里（这包括20世纪50年代原属惠阳的龙岗、坪山划归宝安）。

　　这些没有任何感情色彩的年份和数字，冷冷地从历史的门缝窥视着
今天的深圳。

　　深圳的历史可以抛开割让租借这一段？而香港的历史可以抛开200
年前发生的事实？这在近7000年的深圳历史当中占了多大的分量？

　　新安，这个已经不存在的地名，却是香港和深圳的历史总和。

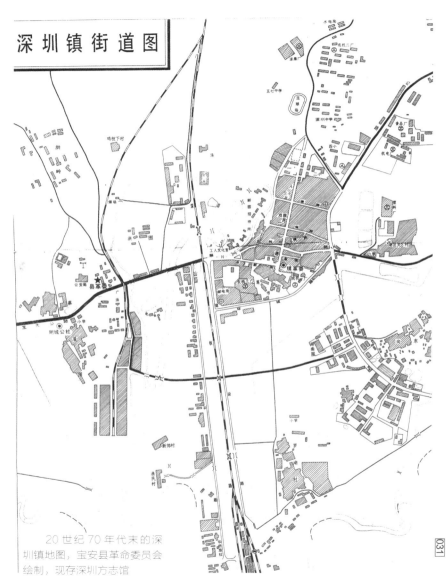

# 深圳镇街道图

20 世纪 70 年代末的深圳镇地图，宝安县革命委员会绘制，现存深圳方志馆

# 建材局

这天，她写下日记：火车站的单车佬像打架一样多，个个又黑又瘦还光膀子，汗水一滴滴往下流，真吓人，也真够便宜的。从火车站到市里，三毛钱，只是把心都颠出来了……

然而，当她进入刚成立不久的建材局，那颗颠出来的心却被一记重拳打回心窝，压得很实。眼睛定定地看着被重重围困的办公室，许久不敢挪动。

办公室的窗户开着，一群密密匝匝的人从窗户开始排队。长达 10 多米的过道，被这群人塞得没有缝隙，她只有侧偏身子挤过去，透过窗户看看这个自己即将要坐进去的办公室。

这就是深圳市建材局？外面有个木牌子，是的，这个局只有一个办公室，大约 10 平方米，中央紧密相连着六七张参差不齐各式各样的木制旧办公桌。除了门之外的三个角又挤入了三张桌子。这个办公室也挤满了人，都身子贴身子挤在桌子边，互相吸进呼出的二氧化碳，人要往外走就得让坐着或站的人挪出空间，才能挤出去。

后来知道这办公室还是深圳市工业局借出的。许志坚局长没有办公室，只有角落的一张办公桌。

她看到的这扇窗户，也就是办公室面向走廊的唯一窗户。窗户已失去了通风透气的功能，它就像医院里排队挂号的洞门。里面坐了个大汗淋漓的麻脸男人，他握笔的手一刻不停地开出货发票，不时打几下算盘计算出货款，汗水已经蓄满了他脸上的每一穴小麻子，他顾不上擦一擦。

那围聚在窗外的人，接近窗子的人故意把窗玻璃敲得哐当响以示急迫，后面的人不时踮着脚尖冲前面叫"快点！快点！"已经霸占了窗子的两三人，一手抓住窗铁枝，怕被挤出去，一手摇晃着小纸条，希望窗口里的那只手接过去。

"水泥！水泥三吨！不行，两吨不行……老黄啊老黄，你是了解我们厂的。"

"沙，有多少？能给我们多少我们要多少！"

"黄科长，你不要这样嘛！我们发票都带来了……不要让我白跑！"

"死豆皮佬（麻子）！你到底给不给？"

"老黄啊老黄！我们厂长说了，最后一批红砖，真的，最后一批，以后不要了……"

窗子里头的人像聋子一样，笃定地头也不抬，谁也不看，说他好说他歹，损他脸上的麻子都没听见似的。

窗外这一队伍，每一个完成了开票的人就艰难地挤出去，手里握着那张可以提货的纸片，脸上满是笑。

她好不容易穿过了这第一道防线，挤入闹哄哄的办公室。

……

坐在办公桌前办公的人也就几个，一个在窗口开发票，还有一个被大家围困在角落。中间有个埋着头，神情极其严肃的人。他面前摆着大叠资料和表格，回答所有的问题。包围他的人有的坐有的站，你一言我一句，面红耳赤各说各的。

她当时不知道自己要找的正是这位苏贤珍。他是政工科科长，包揽了建材局所有的杂事，除了档案和人事，吃喝拉撒睡，还有并非政工部门的业务，一身几职。

办公室里什么设备都没有，只有天花板吊着一把很残旧的老吊扇。那叶片慢极了，片片扇叶在人们的脑壳上摇摇欲坠，感觉随时要掉下来。

电力显然不足，谁也不注意它那咬牙般的唧唧声，吵嚷也盖过一切。

苏正向一位姑娘解释，这位姑娘是水运部门来收取罚款的，说建材局违反了规定。

那位姑娘脸色涨红猛力拍打桌子：交不交罚款？

苏抬起头挤出一个很古怪的笑脸：到底罚我们多少单款？

姑娘的声音又尖又高：全部！不交罚款，你们上步码头的货一律不准上岸。

苏一脸僵硬。

一个人苦苦地挤来挤去，他的3条抬头纹好像3根粗绳子码在额头上。可其他人谁也不让出身体，让他走到苏的前面，所有的人都是找苏的。

他突然扬起手里一张皱巴巴的单据暴叫：喂！你们共产党说话算数不算数？

苏吓了一跳：什么事？

原来这是位农民，他说他的地让给建材局下属石场的时候，答应优先给他砖盖房子，几个月去了，砖砖砖！他要砖！可一块砖也没有！

他愤怒地扬起那张纸片，大概就是当时的承诺：喂！想骗我！翻转猪肚就是屎！

这位愤怒的农民不顾一切像游泳那样扒开大家，包括那个水运部门的姑娘，碰翻了苏的水杯，顺势握了那只杯子，好像那是一枚手榴弹。

苏赶紧把水运部门姑娘的几张单子递到靠窗口的桌子：看看多少罚款，交就交吧。

话没说完，他的脸已经转向农民：大佬……你的情况，我们知道……

农民看到了一线希望立即软了，放了杯子，伸直身体，抬头纹也卸下来了，两只厚实的手臂撑在苏的玻璃桌面。他嗓门很大地说自己如何好心让出原来的土房子给共产党搞建设，他不是坏人。多少多少年前他的家给东江纵队的人当过联络站，他什么也不要，只要砖，还是你们的谁谁谁说过给他的，你们说话要算话，说话不算话，谁还信你们?

有位戴着客家凉帽的大婶挤过来了，凉帽碰到了农民的脸，比农民嗓门更大: 我要 300 块砖。

那唇干舌燥的农民汉子以更大的声音盖了过去，用肩膀顶着大婶的脸: 砖! 我要砖。

大婶不管不顾继续说: 旧年打灶借了人家 300 砖，今年人家要我还，给我 300 吧，300……

那汉子再一次使劲拱了拱肩膀，整个人向前挪，把矮小的大婶挡了。大婶嘟囔着骂了一句"炮打鬼"，汉子咧开大嘴吐出一串脏话，两人挺直脖子各不相让，像斗鸡一样。

苏赶紧伸长脖子和窗口开票的嘀咕了几句后，对农民汉子叫道: 先给你 9000……不过你不能说我们翻转猪肚就是屎了……

汉子哈着腰接过单子还没离去，大婶已经挤过来了……

她终于明白自己是无法进入的，只有等，等到接近下班，人少了，她才把自己的介绍信掏出来。苏看了没有两行就大声叫: 太好了! 太好了! 我们最缺的是人! 你懂英文吗?

她说学过，但是……

苏已经不听"但是"了。"好! 来得好! 局长正在洽谈办谈一个大项目，很大的项目，和鬼佬谈的，真是鸡同鸭讲，局里没有一个懂英文的。你来得正好，今天上班，工资从这个月算起。"

说着苏站起来了，"我们很艰苦，你看看这里乱七八糟的，我的耳朵怕是给吵聋了，什么都没有，连这办公室也是借工业局的。电话也没有，走，我们去隔壁借电话打。"

浑身湿透的苏挤出人墙，一到隔壁办公室就抓起角落里的手摇电话嘎嘎嘎地使劲摇，接通了就冲着电话叫，"局长，来了一个会英文的……

好……好……"

苏放了电话就说，"局长让你马上去！他要你马上看材料，准备参加明天的谈判。你刚来，不熟悉路，我带你去。局里连局长 20 多人，几个谈判。其他都下去，水泥厂，砖厂、石场。还有几个去省里要指标，两个去了外地跑车皮，有两个回去搬家，剩下的你都看见了。"

苏一路走一路说，"这是我们第一个和澳大利亚公司洽谈的石矿场项目，市里很重视，已经谈了好几轮了……我们出地，鬼佬出钱，谈成了，有了钱，什么事情都好办了，办公室和宿舍很快就有了……"

苏很爱说话，他还告诉她许志坚局长最讨厌浪费，用过一面的白纸千万不要扔掉，要用背面，记住。

# 洽谈办

沿着新园路一直往前走，走到解放路和新园路结合的地方，有一座20世纪50年代兴建的戏院。戏院门前有座小小的石头拱桥，桥下是浊黑的水，一条很难叫河的河，不流动了。这死水沟又臭又黑，经过的人都感到蹿进鼻子的异味。

过了小桥，戏院旁有座院子，这就是深圳市对外经济联络处的洽谈办公室。西边一列平房，东边一座三层小楼，粉绿色的小楼从一楼到三楼，有专供与外商谈判的房间。

这里和建材局真是天差地别。棕色的粗毛地毯从楼梯口一直铺到房间，所有的房间里不但配备空调，还配备了一些投影设备、电视和冰箱。厚窗帘和绒毛地毯让人感觉温暖。1979年的房屋根本没有装潢之说，她第一次看到这样新鲜的洽谈办。

许局长在三楼301谈判室。房间的中央有一张庄重大方的椭圆形枣红雕花酸枝木桌，两边配了八张雕花酸枝木椅，椅垫厚实宽阔。

房间除了门的一面外，均摆放着大方格图案的柠黄色毡面沙发，墙角有奶黄色的电冰箱，正面墙有一块闪着亮光的大白板，另一面的小矮桌上摆了台电视机。

她绝对没有见过这样高档的配备和陈设，心脏从建材局的凹地冲上了这个洽谈办的高度。

路上苏说这些都是一个爱国华侨送来的。华侨不想让这个和外商谈判的地方像个杂货店。她很小心地坐在沙发上，那也是她第一次坐这样软绵绵的沙发，这里真的不是一个杂货店。

许局长其实是她父亲东江纵队的战友。他回佛山探亲的时候，笑容满面地问她想不想跟父亲回家乡，深圳马上就要改成市级建制，很有前途。

她来了。

她不想说自己被忽悠过来了，那时候还没有流行"忽悠"这个词。她只是觉得这位许叔叔有点怪，脸色很黑，一点笑容也没有，好像根本不认识她。如果探亲的时候是这个模样，她会来吗？难说。

屋子里的几个人也一样。

她最担心的不是局长一脸的黑，而是自己的英文，也就几种时态的水平，她要把自己的担心说出来。

局长，黑沉的脸，比蒙了一块黑纱还黑，低着头仿若在思索，看也不看身边的人。

原来，明天就要谈判了。所有的人都在看材料，就是澳大利亚方面经过取样探察后进行的可行性报告。

许局长说："从明天开始，你也参加谈判。"

她想说，自己不懂谈判。

不等她说，局长就说，"我们这里的人没有一个做过生意的，有的人连鬼佬都没有见过。苏科长干了十几年政工，他也参加谈判，就是做记录，明天他可以不来了，你做记录。业务科的老陈，有20年的经验，可见到洋人也口哑哑。我资格最老，打过游击，不算干校的几年也干了20多年建材。我们和"鬼佬"谈判做生意，没有时间七想八想了……"

没有时间七想八想，这话让她停顿了好一会儿。好吧，不七想八想了。

后来也有闲下来的时候，许局长也会笑，也会发牢骚，而且他的牢骚特别长，有根有据简直是在台上做报告，"什么都要想，什么都没有，建设建设，到处都是要建筑材料的人，难啊！没有指标要指标，要了指标没车皮！人家说这车皮谁也不能动，只给香港的五丰行。人家是中国粮油食品总公司的香港代理，天天都有成千上万吨的蔬菜水果，鸡鸭猪牛从内地运到香港。中国外贸部和铁道部联合安排了3趟专列快车运送五丰行的鲜活商品，每天装载60节卡车，一年行走364天，仅大年初一停开一天，是早年周恩来总理亲自批准的。香港！什么都是香港！我们建材局什么都不是！水泥沙石没有专列，等3年也不能把指标的数目运回来。"

看着大家埋头看材料的样子，她低下头也看，是中文版本，可一点也看不明白，什么石粉石米石子，什么碎石装置，什么传送带。若是英文会如何？她懵懂地抬起头对局长说自己的英语水平有限。

许局长曾经当过水泥厂厂长，他的脸本来就像水泥一样黑灰，这下连眼皮都黑了，还抖了抖，"总比我好吧？有很多我们想不到的事情，有些想到的也做不到，没有办法，谈生意，谁也没干过这样的事，可也得干，算是交学费……人家乙方的阵容很庞大，总经理、董事长，也有工程师、经济学家，还有曾在北京大使馆当过翻译的中国通。"

她明白了，没有任何理由说不参加谈判。

局长大概想她刚到深圳，让她先走，"明天只要记录就行了，英文，不用担心，他们有翻译，你慢慢听慢慢看就行了……"

她高兴极了。

从洽谈办出来，过了桥就是解放路，她一眼看到了新华书店，逛书店吧。门边贴着英语学习班的招生广告，说是香港来的老师，招收有一定水平的中级班学员，报名地点在工人文化宫。她又回头过了戏院小桥，工人文化宫就在戏院的后面，报了名（考试那天，3大张考试卷。她问那位监考的香港老师借了一支笔，不怎么难，一般的基础知识）。

这些香港老师都是年轻人，他们的授课不收分文。

洽谈办也开设相关讲座讲法律、合同、政策，深港两地的互通和差别。讲课者均为当时的香港青年精英，如廖瑶珠（律师）、何耀棣（律师），以及今天成为香港特首的梁振英等。

这些香港的年轻人也进入了深圳的1979。

这是当年的洽谈室，我们与老外们就乌石古
石场进行了多轮谈判（何耀 供图）

# 十字街

20世纪80年代初的东门　（郑丽萍 摄）

闲逛，是会上瘾的。

她不像那些抽烟或吸毒的，逐渐成瘾，她一下子就上瘾了，竟然毫无目的地来来回回逛，不想回家。父亲其实还在佛山，侨社工作的大弟弟也忙着带旅行团到外地了。当时除了华侨旅行社就是国旅，华侨和港澳同胞组团回国很多，他三天两头都不在家。一个人在家空空荡荡，不如满街闲逛，逛着逛着竟然有种恍如回到佛山的感觉。

戏院门外从东到西的大街就是解放路，不怎么直，随随意意和从南到北的人民路交汇，成了一个十字，当年人人都叫这十字街。它在小城中央，可以说是小城心脏，用2016年的话说就是最繁华热闹的市中心。

没有人叫它解放路或人民路，就喊它十字街。其实，还有一个小十字，人民路和永新街交汇之处。大十字和小十字之间的井字就是菜市场，平日有农民小贩从十里八里以外赶到此地，有挑着青菜萝卜咸菜咸鱼的，

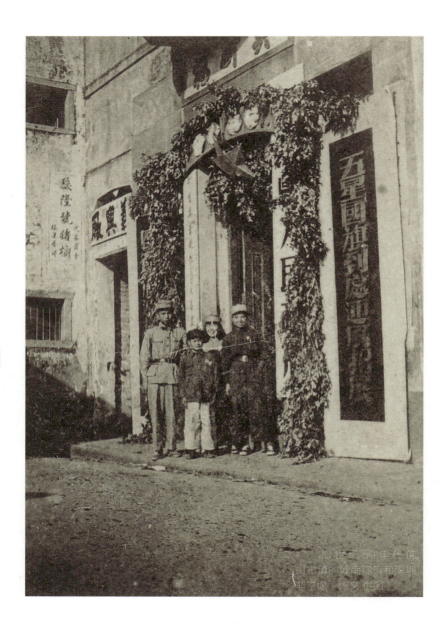

20世纪50年代佛山古镇的岭南建筑和深圳
地堂像（资料供图）

有提着鸡鸭鹅的，有叫卖豆腐有叫卖糍粑的，卖鼠卖蛇卖田鸡的全聚集在此，人来人往，摩肩接踵，热闹得像一锅沸沸腾腾的开水。

这是南塘菜市场。

中国四大古镇之一的佛山，许多人都去过。那迷宫般时窄时宽九曲十三弯的小街巷；那帽子一样荫蔽了人行道的骑楼；那青灰色竖在老城四角的碉堡。

她在佛山生活了10多年，要多熟悉有多熟悉，然而逛逛深圳的十字街竟是满眼佛山：百货商店、新华书店、人民旅店、新安酒家、深圳戏院、人民电影院、工艺美术商店，这都是佛山常见的。

至于布店、五金店、文具店、理发店、中药铺，还有咸鱼杂货什么的，也熟透了。一间紧挨一间的青砖大屋，地下一层没有窗户只有大门，这门有多大铺子就有多宽的店。门由一板板组合，开则折叠关则拉开，大多两层楼，极少三层楼。这二楼三楼全都骑在街道的边缘，向街的一面全都有玻璃窗，有的还有店铺的浮雕字号。

那个矗立在铁路边的方形炮楼，也是只有几个洞眼窗，也都和佛山差不离。

一个麻雀那般小，小得20分钟就可以走一个来回的袖珍古镇，实实在在五脏俱全。

局里的大部分人都住在新园招待所，光招待所的经费已经用了5000多元。为了省点钱，许局长不住招待所，借住在深圳十字街附近远房亲友家。

这是菜市场附近叉出来的小巷子，不到5米宽，听说这附近有"鸭仔街""鱼街""上大街"，不曾留意许局长所住的这南北走向的小巷叫什么名字，那是老房子加建的二楼，不见门牌。

这些小巷子名称迥异，可一律青墙灰瓦，一间连接了一间，各家各户之间没有间隙。窄巷子两边的房屋隔巷相对，有的还伸出一个阳台，阳台和阳台之间几乎可以探身握手。进入这些小巷子，抬头都是横过来

20世纪50年代佛山城镇的骑楼阳台，偏偏就是70年代深圳十字街的古城镇感觉，这到底是什么？说不清道不明，就那种骑楼下东南风扑面打来，连带了横街小巷咸鱼豆腐的湿润，这就是岭南的味道（练文 供图）

横过去的晾衣服的竹竿。阳光就在这里左冲右突，偶尔漏出一线光穿过阴凉阴凉的巷子，涂抹在人们脚下的青石板上。

小巷子有一股很特别的味道，这味道和佛山那些年月很久的巷子一模一样，她很熟悉……

能住这样的地方比招待所好多了。

局里没有地方开会，就在他的小房间开会。房间里空空的，只有一张硬板床，连桌子也没有，一开会就只能问主人借椅子，一张张搬进房间，开完会又搬回原处。他说自己是要吃苦的游击队长，一点也不假。

他说吃几年苦，把日子搞好，不搞好对不起老百姓，也对不起后代。

这个不说卫生间连窗帘都没有的房间，就成了建材局的会议室。局里常常在这开会，和澳大利亚合作石矿场的谈判也进入许多实质性条款的讨论。计算那些条款对甲方，也就是对中方是否有利，要想许多对策。

说实话，尽管这些数字依旧让她陌生和枯燥，她很老实地记录，听这些有想法的人说话。这样的会议成了常态，她也就三五天顺便逛一回十字街，这些开会的日子就是进入十字街深处的日子，也奇妙，就像天天吃饭睡觉，没有厌烦也不枯燥。

后来，谈判的节奏越来越频繁，曾经一连10天20天都去洽谈办301室。每轮谈判休整，闲逛成了工作，闲逛目的不再是买点儿做饭的蔬菜肉鱼。那些洋人专家们也十分好奇十字街。冷战时期，中国是西方世界的红色禁区。他们进入深圳，手里的照相机就闪个不停，解开了那些心中的红色疑惑。

局里派她陪同逛街，她也找到了乐趣。工作的感觉很好，逛街是她最喜欢的工作。尤其是发了工资的日子，第一次从财务手里领到的工资，连边防补助有80多元！在佛山的工资只有30多元，比广州、佛山高出一倍多，第一个念头就是逛街。

1979年的去处实在不多，白天就十字街那几十家店铺，傍晚时分，这些店铺早已关门。人们三三两两不约而同，手拿一把大葵扇，慢悠悠步出家门，碰了熟人，问"去边度？"十有八九都指指前头的"金三角""十字街"。过铁路穿小巷潮水般往那个三角汇合再分流，大多流入当时最大的戏院；有的流往文化宫，里面有图书室、人工湖、露天电影场等等。

是的，日头一落下店铺就关门，然而，解放路西边的这一端，也就是人们说的"金三角"开始热闹了。当时的"金三角"就是深圳戏院、工人文化宫和新安酒家之间的三角地带。

深圳戏院座无虚席，这是一家真正的高级戏院。当年广州和佛山那

20 世纪 80 年代初的工人文化宫图书馆，深圳人正在认真读书（郑丽萍 摄）

样的城市也没见过这等豪华的戏院，厚厚的人造皮垫椅，一年四季都有空调。尤其暑热天，靠在软绵绵的皮椅上不看戏都舒坦，何况好戏连场。20 世纪 60 年代，戏院附近还有一个火车站，从香港到深圳的一站，说是方便香港同胞过境看戏。那时候的戏院常常有中央级别的演出单位光顾，什么北京京剧团、上海越剧团、新疆歌舞团、东方歌舞团、中央歌舞团、广东粤剧团等等。香港同胞喜欢这样高档次的演出，从香港上车一直到戏院附近的车站下车，两分钟就进入戏院看戏，多方便。看完戏

1981 年 7 月 11 日
博雅画廊开幕现场，邀请
的中国著名画家挥毫作画
（修长华 供图）

博雅画廊于 1981 年
7 月 11 日开业，为当时
第一家以市场为导向、企
业自主经营的文化企业。
图为开业时人山人海的场
景（修长华 供图）

当年位于解放路 46
号的博雅画廊外景
（修长华 供图）

可以坐车返港，也可以去新安酒家吃宵夜。

工人文化宫也开始"活"了。看戏下棋溜冰打球游泳，小城的活动拉开了序幕。

她想这都是什么人？深圳市中心居民，说白了就是住在十字街这一带的人，还有十字街南面附城公社、西边蔡屋围、东边黄贝岭的近郊人，当然有1979年来拓荒的，住招待所的那批人了。

20世纪80年代初，博雅画廊建成了。新的"金三角"就成了博雅画廊、新安酒家、深圳戏院之间的地带。绕着"金三角"地的有新华书店、工人文化宫、工艺美术商店、蛇口招商局联络处，这一点点范围，10分钟就可以走完。那时候说的罗湖不过指火车站附近，包括罗湖山的那点地方，现在说的罗湖也不过是深圳的一个区，却包括了当年深圳市中心的所有。

2016年，多少年一晃而过，往事依稀，流过"金三角"的小河沟已被填平，蛇口招商局联络处也已作他用，老新安酒家和老戏院以及老新园招待所也先后拆旧建新。

# 深圳墟

热闹的墟市（罗恩·策史葛 摄）

1979 年那阵儿，深圳市人少，只有墟日是当时最聚人气的时候。

深圳墟和墟日是两码事情。先说墟，佛山普君墟，升平墟面积大，有今天常见菜市场的好几倍。1979 年的深圳墟是市中心唯一的墟，比佛山墟小多了，是袖珍版，可赶墟的汹涌劲头不比佛山逊色。深圳墟市浓缩在十字街人民路南段 20 米左右的盲肠地段，也就是 2016 年太阳百货广场东门口的那一小片。如今的地面还打了个铜标志，上面是一杆秤。

深圳墟北端紧靠解放路，南端联通了七拐八拐的小街小巷。

1980年的盐日墟海鲜市场如深圳墟一样热闹。澳大利亚采石专家策史葛很纳闷，为什么堆满了一箩筐一箩筐的鲜鱼？找不到答案只有"咔嚓"下来了（罗恩·策史葛 摄）

　　深圳像佛山一样也有常设的墟日。墟日，也就是赶墟的日子。

　　深圳墟墟日农历二、五、八，还有特别的节日都是墟日。

　　赶墟，她也有种说不出为什么的喜欢。她不明白这些奇异的闹哄哄的赶墟，竟把一切吸引其中，包括她自己，那是不可拒绝的绝对魔力。

　　想想，或许这些从土地生长出来的味道就是现在所说的地气。

　　日头没出，她躺在床上还没有醒，就听到了地表的声音。四面八方的农家从朦朦胧胧的暗处涌出，有声有色地，并非润物细无声那种细腻缠绵，而是穿过小巷踏踏踏地汹涌而过，三个五个成群结队，浪潮一般急迫迫真切切地赶去了。

小巷也开始动了，哗啦啦地开门，还敲打别家的窗户，邻居婆娘们的大呼小叫，还能不梦醒吗？

她突然想起这是星期天，得补充点营养什么的，于是一跳而起。

墟里很闹，许许多多戴凉帽的大脚客家婆娘和许许多多讲围仔话的本地佬，互相穿插混合在墟市里。买还是不买，卖还是不卖，这是唯一的问题，各自嚷着不同的方言却互相明白透里，声量分贝极高，看似吵闹，实为毫无杀伤力的斗嘴……

一眼看去这些摇摇晃晃的扁担都压得弯弯的，吱吱呀呀的声响不算啥，那笼子里的鸡鸭鹅比扁担的声音高出数倍地大叫。鸡、鸭、鹅这类小家禽，尤其是个头极伟岸的狮头鹅，真叫得人心头发颤。

红扑扑脸庞的客家婆，汗湿的衣裳贴紧脊背，黑色的大襟衫裹出结实丰盈的身段，可比跳龙门的鲤鱼那样有劲，坐或蹲，一双大赤脚肆无忌惮或交叉或分叉搁在那些家禽的笼子边上。遇到连老嫩母鸡都分不清的她，人家一手抓了鸡脚一手轻轻掰开鸡屁股，一嘟嘴吹开细毛：鸡项仔（小母鸡）。

策史葛跟着抬筐的渔农终于找到了答案，一望无际的海边晾晒着鱼。咸咸的风咸咸的味道，眼前是晾晒中的腌制咸鱼！中国人最古老的保鲜方法（罗恩·策史葛 摄）

她根本就看不明白，也笑着点头。

单车后架背着猪的赤膊佬，看起来瘦得一肋一肋排骨，不怎么有力，眉头锁得很死。背架上一左一右两头猪，少说也三四百斤，车胎也扁扁的，也不知道养了多少张吃饭的口，为生活，没有法子。

最有趣的是卖蚝的女人，默默蹲在一角，不叫不喊。脚边有一个小木桶，里头有白白滑滑水淋淋的鲜蚝，卖蚝卖鱼或卖虾的都喜欢蹲在一起。她的脸黑红透亮，皱纹不多，但每一道都如刀刻的深。这蚝取得不容易，一只只都是从那石头缝里长出的，潮退的时候砸下来，再一个个撬出蚝肉，这等鲜美的东西，寻它的人多。皇帝女儿不愁嫁，卖蚝女子从来不吆喝。

大弟弟曾经提了小半桶这样新鲜的蚝回家，说带旅行团去蛇口，在蛇口买的。怎么做？用慢火煎干，煎得很软很香，两边有一点儿金黄就行了。真的，吃过那样的蚝后，想起也会不停地咽唾沫"返寻味"。墟市里的卖蚝人，不知道那蚝是否来自蛇口。

墟市里的人挤挤碰碰，她也挤进去这里看看，那里蹲蹲，聪明的人看上了自己中意的就掏钱。没有讨价还价，那时节人们还没学会这一招，心里都清楚值多少，出天价或大砍特砍的事情绝对没有，精巧聪明的潮州人还没有大举进军深圳。

她笨，反应慢，不知道这汹涌的墟也像 1979 年的建材局那样供不应求。出门赶墟这儿看那儿看，一轮慢动作过后，最后发现想买的都没有了，不想买的也没有了，很惭愧地赶了一个两手空空，不知道她赶墟还是墟赶她……

散墟了。

日头从东到西慢慢地走，人们也慢慢地从墟市往街心移动，渐渐像一条湍急的小河，不时涌入十字街，主要是解放路比较大的百货店、新华书店等等，其次就是人民路的小店铺。

赶完墟的大婶和姑娘在布店里叽叽喳喳，售货员噼噼啪啪地扯动布匹，剪刀一斜，蓝斜纹花布就各有各的主了；靠脚营生的乡民或是单车佬也不忘小城的理发店，经常把空的挑担或运货单车靠在门边，人闭了眼靠在大躺椅里，也许心中盘算着这一趟净赚了多少，该买点什么。打了个盹，发也理好了，摸出些零子，一角五分理一个发；也有的人怀里藏着钱，手里拿着空扁担，一间间店铺转，这也好那也好，摸过了却舍不得掏钱，这是留给阿妹上学的，皇帝老爷也动不得。

最热火的是街边小吃，"萝卜粄""糍粑""炸虾角"都发出诱人的香。掏出腰包，花一角几分吃出一嘴油。要不，坐在小吃店来两碗云吞面，高级点的就去新安酒家来一碟头饭快餐、梅菜猪肉或者萝卜牛腩。

深圳十字街 1996 年重建的时候，她特别留恋墟日，更想弄明白这深圳墟的历史。它不是 1979 年墟日的那点范围，它的久远要翻《新安县志》，到底有多久远？ 1909 年广九铁路修成之前有它，割让港岛前有它。墟立何时？深圳博物馆考证为明永乐八年（公元 1410 年），距今六百多年。坊间有说清康熙二十七年《新安县志》墟市条目中载有"深圳墟"，故说深圳墟距今有三百多年的历史。

这是记载日还是立墟日？她一腔疑惑去翻查史料，从隋唐至明清（公元 581 年至公元 1839 年），靠山面海温暖湿润的新安地域，盛产珠、蚝、盐、渔、香，更有稻谷菜果，自然就有贸易集市。南头、王母起始享有大墟之名时，琢磨那深圳墟绝对还是三个自然村之间很小的买卖场，此时是否更早于明永乐八年？这叶屋村、南塘村和油榨头村，几村之间的小墟集，如何年复一年越来越大？卖猪的渐渐多了，于是有了猪仔街；卖鱼的也不甘落后，聚在一起自然成了鱼街；酒米店和饼店以及布店、茶楼也自然而然地赶来了。

它如何静悄悄地超越了不远的湖贝，又如何与南头遥相呼应？直到今天，深圳墟没了，"深圳"成了这片地域的符号，深圳墟立何日终归成了奥秘，这替换之中的偶然和必然，留给后人去猜想了……

而《深圳近代史》记载，康熙八年（1669 年）复界，恢复新安县，

鼓励原籍居民返乡耕种，实行招垦提供种子耕牛以及免一定年限赋税的优惠政策，东江流域、嘉、潮及闽赣两省大批客籍农民迁入，渐渐恢复各种生产，继而商业贸易空前活跃。

清朝嘉庆道光时期，新安县的县城南头和县丞署大鹏城和县内其他人口集中之地共建有 36 个墟市，其中就有深圳墟。

这些墟市"有专门的商号，店铺，如当铺、布匹店、日用百货店、咸杂店、铁器铺及其他农具等。农副产品成行成市，有猪行、牛行、鸡鸭行、米谷行，荔枝成熟时节有专门的街市。"

1983 年，深圳市区唯一的交通岗亭（现在东门天桥）。岗亭很小很简单，只见交警手一举再上下或左右，也威风八面也规规整整，一点也没有因为深圳地方小而有丝毫含糊（罗恩·策史葛 摄）

在清同治七年（1868 年）南头的《兴建宝安公所序》碑记记载，南头城商号建宝安公所时还得到深圳埠等商埠、店铺的赞助。

听老作家陈残云以及很多老人说过，抗战前从香港一过罗湖桥就灯火通明，深圳河边设有大赌场，白天黑夜都开业，还有七八条"紫洞艇"，不少年轻女孩沦落为妓，供富贵名流登艇玩乐，夜夜笙歌，名曰：坐花艇。连深圳墟内也开了几个小赌场，赌"番摊""鱼虾蟹""打宝字"，还设烟馆妓寨。

《深圳近代简史》也记载"深圳墟是宝安商业最为繁荣之区"，宝安县共有 1526 户居民从事工商业，其中深圳墟有 500 余户。此外，有客栈、旅社 140 多家，酒楼、茶室 50 余家。

这时候的深圳已是边陲小城镇。

1979 年 3 月成立深圳市，它基本上还是原本的小城镇格局。从高处，爬上炮楼或登上新安酒家四楼，往下看就一目了然。四通八达的田野中央窝着数条小街组合的一个大井字，大井字里头又有好些小巷组成的小井字，在大井字里走一圈不过十来二十分钟。两条又窄又有点曲折的小街巷，斜着从东南到西北的小街叫南庆街，另一条叫永新街。两条比较宽交叉在一起的大街，南北走向叫人民路，东西走向叫解放路。人民路北段

20 世纪 40 年代末的深圳中学。位于当时鱼街和向南村之间的张氏宗祠雍睦堂，学生免费就读（陈敏学供图 文靖 摄）

又生出一横、二横、三横等小街，南段的小巷就更多了，像蛛网一样编织在十字街的四周，这些小巷更窄更小，有的单人过还得侧着身子。

大大小小的井字里头横七竖八了一些"鸭仔街""猪仔街""鱼街"，这有名字的街大都可横行两人。名字真可以证明是个大墟，卖鸡鸭卖猪牛。深圳墟起码有十多条买卖什么就叫什么的专卖小巷。

深圳镇有东西南北门。今天人们说的东门是整个老街，不是当时的东门。

解放路一直往东叫东门，东门边上有条泥尘滚滚的大路，往南通往文锦渡以及储运仓，最著名的叫湖南仓；往北通往汽车站、酱料厂、水库，这可是小城最宽最长的大路，它一直通往龙岗、坪山至惠州，在地图上它被称为深惠公路。汽车站就在现在东门中，地铁晒布路出口的地方，是当时最大的也是唯一的长途汽车站，可去惠州、汕头等等。

到汽车站这一段路已经属于深圳的偏远东郊。汽车站对面是一片野山岗，有一处叫打靶岭，死囚最害怕的地方，宣判会一过，死刑就在这里执行。

人民路一直往北就是今天的深圳中学地段，而北门就在原来桅杆园园新街。1979 年已经不见北门，因为 1949 年 2 月在此地附近兴建了人民（民乐）戏院。

还有西门和南门，顾名思义就是西边和南边的门。

深圳的四门之外，还有许多小型工厂，农机厂、食品厂、凉果厂和机电厂等等。

1979 年还没有挂牌子可已经办公的深圳市委就是原来的宝安县委，则在解放路最西边。从新园招待所沿着新园路进入解放路，步行往西不到 10 分钟就到市委，但是从来没有见过西门。听说门在解放路深圳戏院往前走一点的铁路边。1979 年还竖立着一个炮楼，怕就是这附近。

南门呢？ 1979 年听说过南门和墟相连，也许就是进入南塘菜市场的地方，但不见门。

# 东郊街

1980 年的深圳郊外（罗恩·策史葛 摄）

　　1979 年，她在深圳的家，其实是华侨旅行社工作的弟弟的住所。离休父亲落叶归根，房管局安置了这个安在深圳东郊的"窝"，没有批灰的裸墙瓦面平房，一厅两房。厨房是搭建在外的几平方米小矮房。

　　这样就不用住招待所了。

　　家常常没有人，她和弟弟身上都没有锁匙。他们只有一把开门的钥匙，也是他们的秘密，钥匙就塞在搭建厨房的砖头缝里。而厨房门有一把"锁"，锁住门和门框的两根粗铁线，铁线连带的尖锥钉在门边砖缝，已经松脱，拔出来即可开门，关门又插进去就是锁门。

1980 年的老屋老炮楼，那竖在路边的电线杆不过就是一根摇摇晃晃的长粗竹竿，要留意的是这些老旧土房的中央，堆了沙、石，挖开了地基，几个月后会产生一栋或几栋乡民的新房……（罗恩·策史葛 摄）

  这个虚设的锁起码用了整整一年。许多人都知道这个家的秘密，但没有发生过偷窃的事情。

  东郊是深圳 1979 年的郊区，这是货真价实的郊区。往东已经没有大路只有荒草小路和农田，再过一点就是湖贝村和黄贝岭，往西下坡横过大路就是深圳汽车站，也就是深圳最宽阔的深惠公路，今天的东门中路，不过，那路没有如今的三分之一宽。

  这一个大斜坡的顶部就几列小矮平房，每列 10 多户人家，列与列之间有两三米宽的小巷，站在巷中，可见前排房子的灰色瓦顶，鱼鳞似的

1981 年 的沙发，那是深圳河对岸港亲们淘汰的二手货，不知道谁最早发现商机，渔民村成了二手沙发、电器集散地，当年深圳居民百分之九十九都去渔民村"淘宝"，那真是循环利用的深圳时代，绝无浪费，此图沙发为证（张伟明 供图）

一片含一片，伸手能摘走几片。

家的门牌：东郊 31 号。家后面已经没有人家，荒坡上杂草丛生蛇鼠出没，一出巷口就是坡，也就是"打靶岭"（枪毙犯人之地），可以想象这东郊多么偏僻。她家既是最后，东郊的人家怕就仅有 31 户吧？

东郊人家喜"过街"（串门），特别是夏日的黄昏，三三两两坐在门前的石板或矮凳上，手摇大葵扇，你一言我一语。浓郁的客家乡音伴着含有野花香的晚风，有名的深圳花脚蚊也来叮几口，手起掌落，噼啪声中，东郊更闹了。

1979 年最让人着迷的是香港电视。弟弟的房间有一部香港亲戚送来的九寸黑白电视机，10平方米的房间挤得透不过气，站的坐的，亲朋好友围在一起，还黑灯瞎火怕人发现。尽管那年头禁看河对岸的节目，可《网中人》里的周润发和阿灿还是家喻户晓了。

20世纪80年代初，香港电视开禁。东郊两字后也加上个"街"字，人家多了，门牌变成了38号，家后的坡地建厂建房，坡下又出了新路，接着中兴商场、重庆酒家、欢乐园等等，它们渐渐把东郊往城里拉贴了许多。

东郊人家的小矮瓦房相继或加高或重建为两层钢筋水泥小楼。见世面不多的人们把这统称为小洋楼，她的家也不例外。

这时，她的父母，弟妹们全都回来了，住在还算宽敞的小楼，每人都有自己的房间。

20世纪80年代的凤山下，就是现在高楼林立的罗湖区委一带（张德 供图）

住进新楼的人们，为难的是家具，80年代初哪里有什么家具店，从香港进口？平民老百姓想都没有想过。

邻居"肥姨"走了一趟渔民村，说那里赫然出现一个旧货市场，尽是从香港捡来的汽车座椅、冰箱、沙发。重要的是几十元至百多元即可成交，便宜。

她的母亲跟着"肥姨"去淘了一次宝，说很便宜，几十元弄回了一套半新的旧沙发。卧室也摆了张汽车座椅，新屋配旧货，没有人笑话，都这样，谁笑谁？

旧货中唯独没有书架，她只有自力更生，弄几块尺码一样的模板，红砖垒成底座，啤酒瓶撑起模板，一层层往上垒，连接处铺上小帘席，书架占了一面墙，这实用大体的书架用了好些年。

后来，听说火车站附近的友谊商场有沙发卖。她赶到的时候只剩两套，长的啡色，短的红色，不要就没有了。她咬咬牙，掏出500元港币，这可是她半年多的工资，家里总算有了第一套新沙发。

家在半坡，小楼一建就更高了，一出阳台看到四处的小矮房，很高的感觉就出来了。逐年过去，她和弟妹相继成家，东郊老家只剩老爸老妈。这天回家看看，上天台摘龙眼，举目四看，高楼林立，这下，别说高，连矮都够不上，只有一个"凹"字。

老爸老妈过得不"凹"，家中的二手沙发早已扔掉，如今的转角真皮沙发已是第三代。更新换代不容易，老东西全都有了感情，好几回，她和弟妹们躲开老爸从楼上往下扔，一眨眼老爸又捡了回来。弟弟们硬是抬回了电视组合柜，才取代老掉牙的旧木桌。换卧室套间五件那天，老妈抚摸着露出弹簧的床垫，好好的，还能用。姐妹俩使了个眼色，赶紧把旧床垫搬到垃圾堆。睡了一晚磁性床垫，老妈说，是好。

1979年很奢侈的饮早茶，成了他们天天的早晨节目。东郊的老人都这样，不愁吃不愁穿，过着早年做梦才有的好日子。

20世纪
40年代深圳
中学校址雍
睦堂（现南
塘商业大厦
附近）天台，
当时四处均
为郊野
（陈敏学提供
文靖 摄）

东郊的一切都在变，其实也没变，人情依然。有一天，饮完早茶的老爸老妈悠悠走到家门前，一屋子水汽，左邻右舍提桶捧盆的，打仗一般。原来洗衣机冒烟起火，他们翻墙而入，扑灭了一场火。

20世纪80年代中期，各家各户安装电话，听说某家被盗打电话，老爸和几位老人埋伏了两三天，抓了个年轻力壮的贼。想想，几位年过七十的老人押了个垂头丧气的贼穿街过巷，交给派出所，这需要多齐心。

弟弟们劝老人搬去同住，老爸一口回绝，神情似要把他连根拔掉那样气恼。他和母亲一直都住在东郊，直到离开这个世界。

# 解放路

1979 年还没有深南大道，有很长的日子她想都不想天天走的路到底是什么路，也知道十字街或者老街这笼统的名，好像它不是街道倒像自家的什么人可以大呼小叫了。长年累月没想到要强行记住这解放路和人民路，这当年深圳最繁华的大街。一直到了 20 世纪 90 年代中期，说要拆十字街了，为什么？ 1979 年以后，人越来越多，能过两辆车的解放路变得太窄小了，车来车往的街开始挤满了人，骑楼下你贴我的肩膀我踩你的后脚跟。太小太窄太旧，大概 1996 年老街就拆了。这时候突然虚虚的，被猛击那样，被拿掉了什么一样，死活想记住它，还要把它放在心里的某个不被打扰的地方，这时候她就把解放路的路名记牢了。

当年的解放路从 1996 年 5 月改造成步行街，名字还是解放路，似乎什么都没有变，重建后也是两层的木框窗小楼，骑楼也伸在街道边，不过，它已经不允许车辆进入了。

她那 1979 年的解放路可不是供步行的、游览的、观赏的，而是贯通深圳市中心从东到西的交通大道。深圳所有的大商场店铺都集中在这里，喇叭震响的载重货车、振荡不已的农用拖拉机、深圳最早的从侨社到汽车站的几趟载客小巴，全都从这里穿过……

这些城市功能可以从照片找到当年的证据。

她的解放路记忆大多关于吃的和用的。

百货公司在解放路的中段，只有地面一层，大概有 400 平方米至 500 平方米，这样规模的商店在 2016 年的深圳多如牛毛，可在当年独此一家。

1979 年深圳市中心（老街），解放路上行走着
20 世纪 70 年代最常见的拖拉机 （罗恩·策史葛 摄）

　　1979 年这家深圳最大的百货公司让她着迷，她着迷的仅是一种很香的洗衣皂。那时候洗衣服都用肥皂，千篇一律的表面粗糙和简单的长方方块，没有任何包装，买的时候大概会包上一片黄色的糙纸，不香还很刺鼻。

　　她发现这里有一种"扇牌"洗衣皂，晶莹透亮的长方形，看上去就细柔柔的，且那清香味儿，她没用就迷上了，用罢更迷了，每每上百货商店，就是来找这香味的，这个"扇牌"洗衣皂用了好些年。没想到 2016 年它还活着，牌子香味都如旧，也许所有的超市都能找到它，只是百货公司"拆"了近20年了，替代它的是太阳广场。

解放路中段还有一间又小又窄的海鲜杂货店，里头挂满大小咸鱼、马鲛、红衫、银鱼、大眼……

最特别的是沙井蚝油和蚝罐头，这是绝对的深圳土特产。沙井蚝的历史很悠久，颇具盛名，生蚝和蚝豉都输出香港等地，抗战前全宝安县蚝井有两万井，蚝船350艘，蚝民1万多人。只是深圳沦陷期间，蚝船多被劫抢，蚝民被日军打死200多人，3000多人逃到香港和国外，蚝船剩下几十艘，蚝民大约600人……

1979年的蚝罐头和蚝油，这蚝的鲜味，即使蚝豉也美味甘甜。

整整一条街只有那个门面为四块门板的小海鲜杂货店才有。她很想十瓶八罐往她的旅行袋塞，佛山广州的亲朋和曾经的左邻右里都喜欢它，每一次都不够分呢。不可以，这蚝罐头不敞开供应，要多少票多少证才购得一两罐。

这蚝罐头的确很特别，打开罐头盖子就是扑鼻的蚝香味。一颗颗油亮亮黄灿灿的蚝有点像蚝豉，那蚝肉比鲜蚝坚实又比蚝豉柔软，每一颗都饱含着甘香无比的蚝油，轻轻咬，刺破那蚝，鲜甜的味道真让人不愿意吞下，只想把它永远留在嘴里，也不让它化掉。

吃空了，空了也不要紧，罐头里面还有金黄色的浓浓的汁水，最后就把饭倒进罐头里，搅拌一番，才把一颗颗多少带点儿蚝香的饭粒送进嘴里。

还有那蚝油，只有吃过比较过的人才能知道区别，才知道真正的沙井蚝油什么味。那些别的一吃就知道差太远了，不能不怀疑是化学勾兑品。

事实上这沙井蚝罐头和蚝油还在生产，不过市面上绝迹了。2016年家人在网上发现了，还真的买到了这样的蚝罐头，还是那样的味道，不过，包装变得精巧无比，蚝的个头缩水了许多，以前的蚝个头是2016年的两倍，现在的蚝个头疑似还没有长大就让加工了。而杂货店彻底拆了，也变成了太阳广场。

解放路那糖烟酒公司的商店，她喜欢它，不为烟不为酒，只为那小小的猪油糕，摆在门边那些散装的糖果堆里，买1块可以，买1斤就多了一个粗糙的纸袋。倘若说要带去拜年走亲戚，卖货的大姐或小妹会扯一段麻绳，在上头捆一个结实的十字，贴一张红纸，旋几个圈才交到你手里。初来深圳那几年，每每逛十字街都会去新华书店附近这间糖烟酒商店。

猪油糕，顾名思义，这猪油糕许是猪油和糖熬成的？也没法考究。如今它绝迹了，倒常常想那油油的甜甜的小零吃怎么会如此诱人？不就是油和糖？都是吃"肥"人的东西，虽然那时的肥人胖人真少，油和糖的需求自然多，可它是千真万确的香甜好吃。来深圳没吃过深圳猪油糕的算白来，说这猪油糕是那阵子的深圳"品牌"，一点也不过分。闭上眼睛想它，它比广州佛山等地的猪油糕要大要厚，有三分之二的纸巾大小，剥了外头薄且透明的一层油纸，里头还有一张能吃的薄如蝉翼的玻璃纸。这裸了的猪油糕金黄金黄，像一块晶透的琥珀，隐约可见里头藏了几颗白玉似的榄仁，这时候的嘴很难抵挡那诱人之香甜。头一回吃的大都猴急猴急连纸带糖一口咬落，会吃的可是慢慢舔慢慢尝那似有似无的玻璃纸感觉，再轻轻咬那么一口。嘴里的甜不会迅速融化，它柔韧得像一个有力有气的小人儿，越咬越韧，越咬越香，那甜缠了一嘴，连牙缝都塞满了它的甜。你不得不认输，不得不耐了性子，让它自个儿去……

别和它较力气，软软的像个乖孩子躺在嘴里，慢慢地溶去，几颗凸着的榄仁如滑板摆上了舌尖，推进上下门齿间细细咀嚼，松软的小东西化作了清香。

这东西也绝迹了。有一天在某家超市看到了有点像它的猪油糕，买了几块，当即咀嚼起来，很想寻回往日的滋味。失望了，实在太甜太腻，不会再要了，那种感觉怎么也寻不回来了。

1983 年的东门（郑丽萍 摄）

    解放路能买到的深圳特产还有云片糕和老婆饼。如今猪油糕和云片糕都只剩下回忆，老婆饼几乎进入了所有的面包店，一元至两元一个，多了些香味，不知道为什么，甜得实在有点刺人。

    步行街现在全国风行，她每到一个城市，都看到大大小小的这个保留节目。她还会想哪些是真保留的，哪些只是掏空了的一个壳，稀里糊涂的分不清。

    开始，太阳百货也是很新鲜的，90 年代末商家把小燕子赵薇请到商场宣传。那人山人海啊，多是深圳出品的第一代孩子，真是疯疯癫癫了。她也上上下下有两三回走过太阳广场，后来怕厌倦了，抑或是这样的"航空母舰"太大了，转进去就有种出不来的恐慌。里面有的，隔壁超市也有，何必舍近取远？所以也就没去了。

　　说起来也怪，老街拆的日子就开始想念，不知不觉地想，直到重开老街的一天，准确地说是在开张前的一晚，她已经有了上小学的女儿，母女俩迫不及待去看望它，那份情感很复杂，想看看自己心里存的宝藏还在不在似的。从东走到西从西又走到东，狠狠地把许多日子没见的它看了个够，这老老的街！

　　看着看着像一回事，四五十年代的两层楼建筑还在，瓦灰色的墙，木头框子的窗户，那可挡风雨的骑楼。连更久远的思月书院也回来了……只是它们都穿上了新衣服，看上去还像它们。这些过去，这些女儿追逐玩耍的地方，这些留下很多童年梦想的地方还在，很亲切很熟悉。和它有一种血肉亲情，这看看那摸摸，每一个角落。

　　人诉说自己的时候也在诉说它，回顾它的时候也在回顾自己。

　　当有一天，女儿问她，老街现在还有那种蚝罐头吗？

　　噢，没有了，剩下的只是想念。

　　她这时候才仿若知道什么东西没有了，也不可能回来了。

　　她只能偶尔返回解放路，在这种想念中去看看，也许看到的已经不是原本的东西。

# 南庆街

　　1979年的深圳市中心，解放路和人民路都是20世纪50年代初期建成的，这两条街是深圳市中心最规整最宽和最长的街道，也许有10米宽。

　　而南庆街就很窄很短，那时候也就能过两部大板车，一点也不规范，并非南北向也非东西向，斜斜弯弯从东南的南塘市场附近至西北的解放路，活似一根短短的大香蕉，也许不到200米。

　　在《粤海道尹王典章巡礼日记》中记载了深圳墟的情况："商人自发于民国元年成立商会，会址设于安仁善堂。民国六年商会改组，会长为梁镜湖，副会长为唐翅初，会董十八人。墟内商店二百四十家。从前商业颇盛，自轮轨（铁路）通行，各乡货物均由省港直接输送，近已渐不如前。产物以蚝豉为最佳，油、糖、花生、菠萝、沙梨、萝卜、荔枝等亦出品之大宗云。"

　　20世纪30年代的南庆街也许比不上墟里最繁华的上大街或谷行街，可南庆街20号的鸿安酒家却远近闻名。酒家为华侨何华益和丈夫教书先生郑满容所属。民国初夫妻婚后，将南庆街的两间祖屋改建成旅馆，筹建的钱据说就是商会和互助会借出的。小楼坐西朝东，主楼三层，还有一栋两层的副楼，经过3次装修扩建，最后取名"鸿安酒家"。这栋砖结构的小楼房，灰白外墙，棕红色木窗，酒家正门也有典型岭南风格的圆柱撑起挡风雨的宽阔大骑楼。

　　当时，这应该是深圳墟20世纪30年代的标志性建筑。

　　正因为此，1938年10月12日，日军登陆大亚湾后，部分日军曾经

南庆街深圳镇政府门前，香港民主妇联来深
圳慰问（摄于 1949 年 10 月 19 日 刘成浩供图）

短暂进入深圳，日军司令部就设在鸿安酒家。

广东惠阳人叶挺将军意在深圳组织抗日武装，余汉谋曾任命叶挺为东路守备区副总指挥。打理酒家的老板娘何华益，人称"鸿安婆"的她一听抗日就把酒家一楼二楼腾出来，供叶挺使用，作为东江游击指挥部，仅仅 7 天。余汉谋奉蒋介石命令撤销任命，叶挺离深，将自己的白金钱牌三号左轮手枪转送东江游击队，一直为曾生使用。叶挺所率驻深圳的100 多名警卫人员也转移坪山，编入惠宝人民抗日游击队。

而 1940 年日军 1300 多人再次进入深圳墟，把"鸿安婆"赶至梅林，日军司令部又设在鸿安酒家。

留存的酒家旧照片，墙上标志着邮电工会，其实是 20 世纪 50 年代

鸿安酒家 （吕翔 摄）

20 世纪 80 年代初，许多年轻人拍照都喜欢选择新安酒家为背景（陈丽萍供图）

的事情。

20 世纪 50 年代，谷行街等几条小街巷扩建成解放路，原本南庆街的西北位置建起比鸿安酒家大好几倍的新安酒家。

1979 年前后，站在解放路或者深圳工艺美术商店，或对面的深圳戏院，都可以看到这个楼高四层的酒家，看上去比所有的十字街楼房都高出半截。1979 年这四层高楼也应该是深圳市中心的标志性建筑，像 20 世纪 30 年代的鸿安酒家，也像 2016 年的京基 100。

新安酒家奠基于 1958 年，陶铸还参加了奠基仪式。一楼为大众化的茶座，二楼为可容纳 670 座位的大宴会厅，三楼为港澳侨胞餐厅。

60 年代，新安酒家、戏院和侨社这深圳服务行业的三位一体，确实很长深圳的脸。

酒家 1961 年春节正式开业。开业前夕，大年三十的团年晚宴，当时的国家领导人叶剑英元帅和广西戏剧团刘三姐剧组的演员，品尝了新安酒家的菜式，成为酒家的第一批贵宾。

大年初一那天，叶剑英亲自为新安酒家正式开业剪彩。酒家彩灯高照宾客盈门，一声开业，鞭炮齐鸣，小镇子比过节还热闹，上上下下碰面说的都是这鲜有的大事，港澳媒体大篇幅报道这事。

60年代，港九和新界的工会、文艺界、工商界人士纷纷来深圳戏院看演出，几乎场场满座……看完戏的人大都过对面的新安酒家饮茶或宵夜。

新安酒家实在太出名了，酒家每天从早到晚都座无虚席。港九侨胞喜欢这粤味，贵宾房里的酸枝台椅，雕龙刻凤的牌匾，各式各样的粤式点心，每一样都精致得像工艺品。来了一趟，回头就带亲戚朋友来，看完戏就到新安包餐、宵夜。

70年代更多从港九和新界来新安的香港人，并非看戏饮茶。早十年八年偷渡香港的人不敢回乡，这时候也偷偷和深圳的亲友在信里约好在新安见面。看到拿着大旅行袋，推着大电器包装箱的大多是这些人，他们有个暗号"八分钱"。"八分钱"指的是寄信的邮票，一封8分钱邮票的信，或家有天灾人祸，或想要个别家用的电饭锅、电视机、录音机等等，"八分钱"一封信求援香港亲友，也就"搞掂"了。更多的香港人手提的大包小包，其实不过是些旧衣物，深圳多的是穿补丁衣服的亲戚。这是当年最最平常和实在的深港两地情，新安酒家成了最佳的联络接头点。

新安酒家的名字在港九新界不胫而走，也因潜藏了这一层会亲功能，会亲友太方便了。很多时候酒家一位难求，等位的人得排到楼梯口，一句话"爆棚"。

她也上新安酒楼，不过没有单独去吃过碟头饭（类似快餐）。那时候在这深圳最高级的酒楼吃这样的碟头饭有点奢侈，其实这是酒楼推出的大众饭，价钱大约一角几分。

她喜欢领着自己的"工作"。这些澳大利亚乌石古石场洋专家洋技工和他们的妻儿逛街，这中心城区还有别的选择？只有这十字街，一直往前走，走累了就到新安酒家饮茶。这是他们最顺脚的，有他们最爱的中国点心"春卷"的地方……

这就是深圳老街最豪华的酒家，一楼很显老旧，木头桌木头椅，粗糙笨重，不知是没上过油漆还是油漆掉光了，露了原来的木头纹，一层油腻填平了那些木头缝隙。一进门，那种旧时中国饭馆浓浓郁郁的茶香饭味扑一鼻，鼻孔都让这种味道塞得痒痒的。

洋人们说很羡慕中国的悠久历史，不过他们害怕皮蛋瘦肉粥，那是200年的老蛋，好比他们澳大利亚的历史一样长。她突然想笑，小皮蛋的历史都有200年，何况一个这样大的国家？

她于是告诉他们新安酒家的来历，为什么取名新安？宝安县在明清两朝称新安县，酒家故取名"新安"。

他们很喜欢酒家里面那个颇大的院子，和侨社的院子一样，栽满热带植物、盆栽、果树。那种让人动心的岭南园林如此娇俏和婉丽，只有岭南这样的水土才会长出这样撩人花草。

新安还有另外的故事。

1962年，经历了3年自然灾害的中国伤痕累累，人们的生活极其艰辛，粮食及日用品实行配给。有位从16岁开始进入酒家直到退休的老员工郑志明，他说自己当年的梦想也就是一日三餐吃饱饭。有一天，父亲告诉他新安酒楼要招收一批学徒，问他想不想去。16岁的少年想不想念书？想，一百个想，可读书没有饱饭吃，在酒家当学徒，应该天天都有饱饭吃吧？这么一想就拿定了主意。

没想到他的同学有三分之二为了吃饱肚子，做出了同样的决定，可见一日三餐饱饭的诱惑之大。

16岁少年站在新安酒家面前，看着四层楼实在漂亮！梦想实现了：一日三餐都有饱饭。他们这些学徒住在酒家四楼，白天开门营业，晚上铺席子拉蚊帐，大伙也没说什么，有饱饭吃就行了。真的太简单了，这也是深圳人的梦。1962年一天配给一两米二两花生，一个16岁的少年能做什么浪漫的梦？想吃，都是白米饭而已，一个如此真实的梦。

那时小小的十字街贯穿镇子的东南西北，镇中心有几家低矮的店铺以及小食店，卖云吞、饺子，还有食杂店。而靠着南庆街的解放路和永新路交界之处竖立着镇中心最高建筑物：四层楼的新安酒家。

他闲的时候逛十字街，在卖书报的地方看见一本《广东画报》，封面是彩色的，一座灯火辉煌的酒家，他眼睛一亮，这不就是新安酒家吗？新安酒家上画报了。他看了又看，爱不释手，咬咬牙，干脆买下了杂志。一个月只有22元工资的小徒工，一毛几分就是很高级的消费了。他喜欢这照片，越看越骄傲，别人只能从画报上看它，自己却是里面的人，他知道里面的点滴……自己跟着大师傅学烧菜，香喷喷的饭菜里有自己的一份功劳。看着想着，有一天，他也站在酒家门前照了一张相，别人问这是哪里？他笑眯眯地答：新安酒家！

1962年正是大逃亡的时候，成千上万的人涌到弹丸之地，想到河对岸过吃饱饭的日子。上级下了命令，不能让老百姓饿死街头。新安酒家里的人忙坏了，天天采购大量的萝卜干，以及出口香港淘汰的猪皮猪肉。郑志明天没亮就爬起来，跟着大师傅做各种廉价饭菜、包子，满足百姓需求。看到那些狼吞虎咽的人，他心很酸，没动走的念头，有工资有饭吃就要做足一百分。他说自己喜欢干候锅（炒菜），开始不怎么习惯当管理人员，不习惯也要习惯，上级要抽自己上来就上来了。从营业部到新安酒楼的海鲜酒家，中餐、西餐都干过，没有什么大的闪失，自己也满意了。

后来他担任了新安企业公司的采购部副经理，从没离开过深圳，没离开过新安，亲眼看着新安一天天变样。1983年拆了旧楼建起新楼，六层高的大厦，站在它面前，他只有一句话：很高兴。

几十年光阴，有两次难忘的经历。一次是1966年"文革"，他和新安的职工一起去广州参加批判陶铸的大会，他说不清谁对谁错，也不敢多问多说，别人喊打倒他喊打倒，别人喊万岁他喊万岁，能不这样吗？除非你也想被打倒。不过在广州大串联中，队伍里有一位酒家的服务员梁洁萍，他们的观点不谋而合，渐渐就"串联"出感情了，回来后，他们有了看电影去文化宫散步的新节目。蔡屋围建起"地王"的地方，原来有一座革命烈士纪念碑，那年"拍拖""拍"到那里，还不敢像现在的年轻人手仔拖手仔。再一次是 1983 年前后，他被派到广州大同酒家学习了几个月，这几个月里很欢欣，什么新菜式都记在心里，带回新安酒家。

1983 年重新开业的这一天，他又站在新安酒家门前拍了一张新照片，也是一张很"威"的照片。

新照片和老照片，他都会好好保存起来。

他看着老照片中的自己，看着自己身后的四层楼，多令他骄傲的四层楼！他笑了，这样的四层楼算什么？这种老楼已近绝迹，南庆街附近一座座现代化大楼数不胜数，连南塘市场，先变成南塘汇食街，又建成南塘商业大厦。

今非昔比了。

如今还会做一日三餐饱饭的梦吗？他笑了，怎么还做这一个梦？他又笑了，又怎能做这一个梦？

还有什么梦，他有点儿张口结舌，房子有了，饭吃饱了，两道浓黑的眉毛扬了扬：

"想我老婆身体健康！"

老百姓的梦想依然很简单实在。也就是这些普普通通的深圳人见证了过去和今天，同样创造了过去和今天。

新安酒家是宝安县最大、知名度最高的酒家。1966 年"文革"，新安酒家遭殃了，说是封、资、修的黑样板，一夜扫荡，酒家面目全非，珍贵的瓷器从高高的四楼砸下，变成碎片；不论是盆景庭院还是照片资料都被烧的烧砸的砸；劫后余生的新安只剩几张破烂的木头桌椅……

1979 年的新安酒家还是深圳最老最有规模的酒家，可它的外形还是 60 年代的，墙壁上还残留"文革"时期留下的一些口号标语。说起来，最高级的算天花板上面那几部颜色灰暗的老爷风扇，走起来很慢，还哐噹哐噹地响。

直到 1983 年 8 月 8 日，新安酒家重新装修开业，那真的是深圳老百姓的大事情，也是市政府领导的大事情，梁湘、周溪舞等全体常委无一缺席。

20 世纪 80 年代初的新安酒家，廖小燕经理刚刚从中山大学进修返回深圳，接任了深圳老酒家的经理之职（张黎明供图）

这天老街热闹非常，仿佛回到了 20 世纪 60 年代开业时候的盛况，用金碧辉煌一点也不夸张。大厅天花板挂了盏盏宫灯，墙上描绘这"双龙戏珠""龙凤呈祥"，并仿制了一块"九龙壁"。

清宫仿膳厅里，雕龙画凤，飞阁流丹，宫灯闪烁，五彩缤纷。溥杰亲王还为 6 个贵宾厅包房命名题字：知音、赏味、飞觞、把酒、神怡、醉月。最亮眼睛的是新招聘的年轻女服务员，盘着双髻身穿黄缎清宫服装，这别具一格的宫廷气派和氛围的确令人耳目一新。

它是第一家推出清宫仿膳的酒家，来采访，来拍电影的多如牛毛。连深圳大学的开学典礼也在新安酒家宴客，光是中央的部级领导就来了63位。

新安人很节俭，那些在"文革"中被红卫兵砸烂的酸枝桌椅，一条条长短不一的残腿，一张张缺胳膊少腿的靠背，一个个摇摇晃晃的扶手，全都挑出来，拼图一样把它们凑合成对，然后送到广州修补翻新，省下一笔数目不菲的资金。

那时候的新安酒家经理是廖小燕和黎池。

后来的日子，深圳的酒楼渐渐多起来了，有"泮溪"，有"雅园"，而搬离老街的人也多了。

奇怪，老深圳们就喜欢"新安"，这程度让人费解，特别是节假日，从梧桐山来的，从银湖来的，从香港来的，甚至从美国、从加拿大回来的华侨，都乐意在这里聚会。没什么原因，只是熟悉它，喝惯了这里的茶，品惯了这里的一盅两件，还有熟口熟面的一帮人……

他们喜欢在这里饮茶"倾解"，不再是为了一日三餐吃饱饭。碟头饭也取消了，提着大小包旧衣物的港客慢慢绝迹了，新安酒家的功能慢慢回归单纯的饮茶"倾解"。

饮茶这意思谁不知道？不过，如果不是广东人，说"倾解"就得费点儿劲了。

广东人，不管粤东粤西，不管客家广府，都知道这个"倾解"，一说饮茶就免不了带上"倾解"，饮茶必然"倾解"，就是一面举了茶杯，一会儿斟一会儿饮。三五亲友聚在一起干什么？说话！就好像那些北方汉子喝大碗酒一样，边喝边说，里头的乐趣只有自己才知道。

饮茶里面包含的重要内容，就是这个说话，"倾解"也就是这个说话。这说话也不是一般的说话，说话什么时候不能说，偏偏要在茶楼里面说？正因为这茶楼闹哄哄的，这个说那个说，每一桌都在说，就是在这样一种氛围里面，可以旁若无人大声"倾解"。

不知道的，还以为举行嗓门比赛呢！

茶楼的吸引力不外是各种各样的点心，早些年聪明的商家就动了心思，什么点心都有速冻的，还有个诱人的广告，说足不出户就可以上茶楼。也奇怪，茶楼的生意怎么就一点也不受影响？去茶楼看看，都在饮茶"倾解"：有的不着边际，天南地北地说，想说什么就说什么，没有个明显的目的；有的窝了一肚子的闷气，上茶楼倾诉一番，也就解开了心里的郁结；有的和谁谁不舒畅，约上茶楼，有什么搞不掂的，"倾掂"它，化了埋在心里的龌龊；有的出洋过番几十年的，少小离家老大回，亲朋一桌，把几十年的思念全都倾出来。

人常常有一种互相倾诉的需要，"倾解""倾解"，倾诉倾诉，解脱解脱，这样分解它们，不单单从字面上理解，而且是一种无法言语的心感，这饮茶的文化内涵就这样呼之欲出了。

能说不是吗？那些天天赶清晨 7 点前饮早茶的老茶客，饮茶简直成了他们生命的一部分。

常客很多，固定在一张桌子，很多老人，年长 80 多，年轻也 60 多，几乎天天一起上茶楼，坐在一起，一盅两件，饮它个把小时才分头而去。问为什么？不就是为了"倾一倾解"，一个人不"倾解"好闷，一天不"倾解"就心里不舒服。他们在一起"倾解"很舒服，还有什么比这更重要的？这就是最重要的了。他们也与时俱进，饮茶"倾解"也有了点点改革。20 世纪 90 年代初就各自有自己的茶位卡和茶壶，有的点普洱茶，有的点菊花茶，有的点铁观音茶，还各点自己喜欢的点心，付账的时候也像时下年轻人一样 AA 制，各付各的。

穿土灰色四口袋唐装，胸襟扣了排整整齐齐布扣子的老伯；满口乡音穿宽上衣窄脚裤很赶潮流的老太太。天天的熟客，天天走同样的路，饮同样的茶，生命里的一种特别需要，竟然是如此简单的早茶？

# 深圳河

　　深圳河，1979 年的深圳人都知道，它是界河，如果以罗湖桥的那段深圳河为中点，以东至莲塘、沙头角；以西至上步、皇岗（港称落马洲）。

　　这是 1898 年将新安县分成两半的河，那小小窄窄的界河有很多深圳的故事。

　　她常常和深圳河相遇。

　　1979 年不能不说沙头角，这是界河向东出沙头角海之处，这中英街也一街分两边，世界上绝无仅有的奇观。

　　那时候中英街人多得就像 2016 年的东门老街，拥挤得根本看不到地面，只有不时仰望天空透透气。去沙头角为了什么？第一次怕是看看对面一步之遥的香港，走着走着过了边界都不知道……

　　第一次以后就是纯粹购物，买的大都是吃的。香港的饼干巧克力切片面包就不说了，最热门的无非是即食面，也叫方便面，开水一冲就可以吃，的确方便。深圳那时候的人忙疯了，常常就这样泡一包面解决吃饭问题。因为那个包装上有一只很醒目的鸡，不知道谁第一个叫它"鸡仔面"，结果当年的深圳人就把"鸡仔面"叫开了，不但叫开了，都成了它的推销员。每回出入都带着一箱两箱，亲戚多的还得托人带，送亲戚朋友也提着箱看上去很大其实轻轻飘飘的"鸡仔面"……2016 年，谁也不稀罕了，如果再有这样走亲戚的人，那绝对成了怪物。

　　回头说去莲塘至沙头角的那段路，当时的深圳人都走过那一段路，都办过进入中英街的特许边防证，都知道一个叫三家村的地方。

20世纪80年代初，深圳河的源头在哪？都说在梧桐山，于是某个假日一群年轻人去找河，爬上梧桐山，找到的是叮叮咚咚的溪和泉……（张黎明 摄）

那是一段沿着界河（莲塘河）的国防公路。那时候没有多少私家车，除了公车带着外地的客人，外省外市的客人一来深圳都冲着去沙头角，满载了看看中英街的热情，所以坐公车去的机会很多。

当然深圳汽车站也有班车到沙头角，而深圳人多是朋友结队骑摩托车前往，沿着边界前行。那路一如界河弯弯绕绕，时而看到数米外的边

界铁丝网，时而看
到对面山上竖起英
国旗的碉堡，最纳
闷的是这小小的界
河看不到河水……

很多人都注意到
靠山脚的一处拐弯，
分界的铁丝网就在不
到两米的地方。这个
地方常常处于枯水期，
河道长满野草，不说
是界河还以为是山谷，
"督卒"的人在这个
地方跳都能跳过去。

"督卒"本是
粤语下象棋的卒子
过界河。

最惊险的还是
上山下坡九曲十八弯
的山路，大大小小
的8字，拐得人心惊
胆战。这盘山路非常
险峻，有一处悬崖边
有个颇大的平台，站
在那可一览沙头角无
余。朦朦胧胧时隐时

20 世纪 70 年代，大弟
弟张伟明招工回深圳，成为
深圳华侨旅行社的职工，也
自然成为民兵。守护深圳河
是民兵的任务，也就是在深
圳河边站岗，捉拿"督卒"
的偷渡客（张伟明 供图）

现的深圳河，弯曲如一根历尽磨炼的缆绳静静地躺在山边，最终笔直如一个惊叹号插入沙头角海……

从罗湖桥往西走就不一样了，它流经渔民村，再到上步码头，过皇岗，对面就是香港的落马洲。这段深圳河黝黑浑浊，墨油那样黏稠。尤其落马洲的那段，不成河，只是混在滩涂中艰难滚爬出深圳湾的泥龙，看一眼都觉得累困沉重。不过这段无法沿岸行走，河岸长满芦苇，也有守河的兵士，除了过境耕作的村民，平常人不许通过。想看见完完整整的河道如今也不难了，站在今天红岭南路、上步南路、益田村一带的高楼往南遥望即可。

落马洲，何谓落马洲？口口相传的历史，那年宋帝骑马南逃新安，不料竟在此处落马，故称落马洲。这一片滩涂也有美丽的时候，黄昏落日无数海鸟在此觅食，雪白的高脚鸟疑似白鹭，时而半空飞腾时而静立泥滩，扑腾扑腾得欢快，连夕阳也耐不住，往灰黑的泥巴上涂抹了自己的一片莘红。

从东边沙头角到西边落马洲，河道时窄时宽，最宽能超出 60 米吧？

有人说河的源头在梧桐山，那河如何劈开了梧桐山，走出了自己的路？

她曾经往梧桐山上走，确实有水倾泻，沿山道而行，一直走。直到没有了水剩下了喷吐喷吐的泉，渐渐泉也没了，竟看到和长江黄河源头一样的景象：一粒粒透明的水珠像弱小而又顽强无比的芽，不声不响地拱出梧桐山的石缝和沙土，这小芽儿勾肩搭背一溜向前，不紧不慢地连成一股叫人赏心悦目的泉？这细细碎碎的水粒先是时隐时现，悄悄拥在一起汩汩地成了溪，叮叮咚咚就下了山，分叉再分叉，叉里又长出小叉叉，又渐渐汇拢在山谷如河而下。这大概就是梧桐山下来的深圳河，当地人叫莲塘河的初始。

其实深圳河不仅仅是分界的河道，除了梧桐山下来的那段还有布吉河。布吉河穿过洪湖，途经人民公园，那时候深圳戏院门前的小河沟大

概也流入布吉河，大大小小的河沟跟了布吉河往南流，最宽的地方在人民桥，涨水期怕有 30 多米宽，过了渔民村才汇入分界的河。

而福田河途经笔架山流入福田村，也汇入界河，新洲河却是独自在界河西边不管不顾地出了海。

深圳是水网交集的地区，大大小小的河好像人的脉络互相联通，聚集又分离，分离了又聚集。深圳河就这样汇集了许多水路，这水网属于东江流域，大大小小的河走到哪里就跟了那地方的名称，像观澜河、新

深圳河，小小的界河一分为二（深圳史志办收藏的 20 世纪 70 年代深圳地图）

洲河、坪山河等等。

记得小时候跟父母回家乡探望祖母，坐火车坐汽车已经淡忘得没了一点影子。清清楚楚的是一条水很浅的河，水很清，可以看见水底下面藏了些鸡蛋大的小石头。

也就是五六岁的她，不懂得花心思观察什么东西，可过河实在深刻，从没有过，也不再有过。祖母派来的戴了客家凉帽的阿婶两手圈起她，轻轻一提放入竹筐。她和弟弟分别坐在两只摇篮般的大筐里，她的手软软地抓在筐两头。扁担一弹一弹地挑起了筐，一悠一悠的似两片小小的船，有点慌有点怕，渐渐，盯着阿婶赤了的两只大脚丫一沓沓落在水中，踏踏实实踩着圆石子上，透明的鱼在筐边游来游去。

她上了岸后蹲在水边，握起拳头又放开捉那捉不住的水，睁圆眼睛张大嘴不知道在嚷什么。这种感觉从那时起就抹不去了，种入心内，永远有一道那样的小河在流淌，无声无息而又刻骨铭心……1979 年回老家念念不忘那河，按记忆里的去找它，可怎么也找不着，与乡里的叔婶说起，七八位老人都说不清记不起，因为那种浅浅的河实在太多太多……

河本来就是河而已，本来就是浅浅的孩子记忆。

河也常常不仅仅是河。先是 1841 年 1 月 24 日，英国人上了新安县的香港村（港岛），竖了杠杠条条旗，大船舰绕香港岛一圈，整整绕了 7 天，说岛已归大英国，人也归大英国，能把一个岛明火抢去？能，第二年 8 月 29 日，清政府和英国就签订了《南京条约》。10 多年后，又一个《北京条约》，九龙也割让给英国人了，到了 1898 年连新界也不属新安了。1899 年 3 月，沿着界河竖立木质界桩，新安从沙头角到落马洲沿河分界划成两半。

深圳河不仅仅是单纯的河，因为 1898 年有了界，成了界河。

河划了界，人没有划界，华界的乡民还是往英界的田地耕作。

1938 年，日军登陆大亚湾，成千上万的老百姓拼命往英界那边逃。1942 年，香港沦陷，香港老百姓反过来一拨拨往华界这边逃，都是简简单单地为了活命。

深圳界河有很多辛酸，水往低处流，人往高处走。老百姓没有多少念想，最重要的是吃饱肚子。1962 年饥饿灾荒，1979 年改革开放初期，偷渡往香港的老百姓也不少。

她那天去侨社，往和平路走，抬头看见一队满身泥污的偷渡客迎面而来，后面跟着一个持枪的边防军和一条半人高的大狼狗。狗舌头吊出来，有半条胳膊长，一晃一晃的，真吓人。

偷渡客的裤子从大腿到脚跟，撕裂成一条条，有的只剩下空飘飘的半截，身上不见伤痕，狼狗训练有素，懂得撕破衣服不咬人体。大弟弟说狼狗训练成两爪子搭在人的肩膀上，不动还好，一动就死咬住不放，真吓破胆了。

1979 年偷渡的人很多，不少人游不到对岸就沉了，游到对岸的，也大部分被香港"打界"回来。每天下午在文锦渡都看到回来的人，少的时候两卡车，多的时候四卡车。从和平路回来的人应该还没有到对岸，就让民兵抓回来了。每天 10 点左右就看到这样打回头的偷渡客。大弟弟

20世纪70年代跨越界河的老罗湖桥（张黎明 摄）

是侨社的民兵，听他说在渔民村深圳河边值班，看过好几回游不到对岸淹死的人。偷渡的人大多是外地人。有个骑自行车的，车子就骑到深圳戏院的那条石拱桥边，丢了自行车冲过了桥，把桥下的河当成界河，把深圳戏院当成了香港。弟弟回了坪山老家一趟，说坪山乡下也跑了不少人，好几人就从他值班的深圳河跑的。堂叔说如果他不是生产队长，早走了，一个工分才一毫几厘，辛苦一年只有几十元，家里穷得像水洗，"督卒"去香港抬棺材，一个月也有七八百，在家里天天捱番薯，人家那边天天喝牛奶吃面包。

河还是单纯的好。

深圳的华侨很多，侨房很多，如家老屋的房子也算侨房，可那是旧式的，是 20 世纪 30 年代的房子，保留了客家传统味道的夯土房。而这 1979 年的侨房已经完全全另外一种风格。

# 乌石古岁月

# 和平路

和平路，20 世纪 50 年代常见的路名，中国的每一个城市几乎都有和平路，深圳也不例外。

一出火车站就是和平路，和平路 7 号在路的最北端。1979 年秋天这座楼房曾经挂上了一块白底黑字的牌子：深圳市建材局。

建材局原来借用人民路工业局的办公室，每隔几天都会来新人，很快，局成员激增至 30 多人。借工业局的 9 平方米办公室有多挤？要是召开全局大会，一定爆了，幸好没开这样的会，固然没开会的地方，其实也没有开会的时间。

从一楼上二楼的楼梯，下面的旮旯刚好可放一张办公桌，于是随便用几块板拦起来，把许局长的办公桌搬到这里，局长算有了自己的办公室。

局长原来待的角落又摆了一张办公桌，那是公用办公桌，谁有事情谁坐，不过，这腾出的空间依旧远远不够。

她就坐那公用办公桌前的椅子，这也是公用的。不过，她有了一个固定的抽屉，还是政工科长苏贤珍把自己的东西挪出相让的。因为她要参加谈判作记录，所以才有这样一个抽屉。几个跑水泥厂砖厂的同事，连固定的椅子和抽屉都没有，要保管的笔记本、文件什么的，应该都在随身"办公室"里，手提的棕色或黑色公文包。那种黄色的挎包越来越少人使用了。

许局长很少坐在阴暗无光的楼梯"办公室"，看到大办公室哪儿有位置就坐哪儿。对了，他有了巴掌大的一部小型电子计算机。

1979 年的和平路 7 号，深圳市建材局。局里的交通工具除了这几辆自行车就是两条腿了，门边的那堆木头，是建材局临时搭建食堂的"燃料"（张黎明 摄）

第二章

乌石古岁月

1979 年乌石古石场（罗恩·策史葛 摄）

那天他拿了一封澳大利亚关于乌石古的英文信，站在公用办公桌前，叹了叹气（他可是从来不叹气的）。把信放在她面前："我们和鬼佬是鸡和鸭讲，这些鸡肠字，它懂我们，我们不懂它们。小张，不懂英语不行，你把它搞出来。"

她是不能推辞的，只有咬着牙翻字典，把意思写出来。

她父亲和许局长曾经共事，也是东江纵队的战友。抗日战争时期都在宝安惠阳打游击，吃过野菜，睡过坟头，什么苦都尝过。局长最喜欢和大家说，现在是第二次打游击。

谈判的那些日子，可能是劳累，他的胃病常常发作。他打开随身黑皮包，里面有药和苏打饼。胃一疼，吃几片饼干，疼得厉害才掏出药瓶子，抓几粒药丸子塞进嘴里，一口白开水咕噜吞下。

很多人都挨过局长的批评，他要大家艰苦朴素，不浪费一点一滴。

有一天，她写坏了一张纸，揉了揉准备扔进垃圾筐，被苏贤珍看见了。他悄悄说："第一天就和你说过，不要拿信纸当手纸，局长知道要骂的。我不知道让他骂过多少遍了。"

她突然想起，第一天报到，苏对自己说过这话，忘记了。她小心翼翼把纸重新摊平，在心里说："记住，每一张纸，正面写完了写反面，就算废纸也要看看有没有空白可当草稿纸用，把最后一点可利用空间用完才扔掉。"

局长这天接到一个电话，立即宣布："马上搬家！"

他跑了几趟市委，磨破嘴皮了。通过市领导协调，深圳市武装部让出和平路一栋二层楼房：和平路 7 号。

她和大家一样兴致勃勃地赶到和平路看"7 号"，楼房背靠广九铁路线（就是现在和平路茂业对面的位置）。很旧的房子，墙面斑驳，已经看不出本来的颜色，木头窗框，有的玻璃也破损了。

大家都说真好！确实，比那个借来的办公室好几十倍。

局长声音从来没有这样洪亮过："一楼办公，二楼半层办公，半层单身宿舍，有几百平方米。"

这真是建材局的特大喜讯。

局里的人全都动作起来了。其实也不用动作，桌椅大部分借的不能搬，只需要搬走属于局里的几张办公桌和椅子，清出抽屉的文件等等放进旅行袋，几辆自行车就把一个局的家当搬走了。

一天工夫搬到了新办公室，原原本本的武装部老房子，不用粉刷更没装修，扫了一下地板，买了几张桌子和椅子就完成了。最奢侈的是，苏贤珍很高兴地钉了几口钉子，挂上了报纸夹，大概是《参考消息》和《南方日报》。

搬家的大喜日子，每一个搬东西的人脸上都挂着笑。

连许志坚局长的脸上都撑开两撇八字那样的笑，还拿着自己掉了一块瓷的搪瓷口盅。口盅里有刚泡的茶，冒着腾腾的热气。他和茶气一起转悠，从一楼上二楼，又从前门到后门荡漾了整整一圈。

1980年乌石古石场，远方朦胧的高楼为香港英界所属，石场周边仅见矮小的平房（罗恩·策史葛 摄）

他站在后门，手指着那片铁路边的烂地，说清理清理可以加建个厨房，办个简易食堂解决大家吃饭问题，省下在招待所吃饭的钱。

苏贤珍，还有蔡科长、陈科长、吴科长这些业务骨干一个个喜上眉梢。

没有亲戚朋友投靠的人，人人前一包后一包，衣服、被子和杂物，十足拖着卵囊的负重蜘蛛，气喘吁吁搬上二楼大通铺宿舍。上下两层的单人床，可以容纳近 20 人。不住招待所，还是"省钱"两个字。

1979 年 7 月 17 日，建材局和澳大利亚建筑材料（香港）有限公司已经草签协议开采莲塘乌石古石场。这是深圳市第一个与澳大利亚合作生产的采石场。地点就在深圳东面的梧桐山下，与香港莲麻坑只有一河之隔，因其石呈乌色，故称乌石古。

1981 年 澳大利亚方面采石训练学校的学员，乌石古石场的澳大利亚技术人员多来自此校
（罗恩·策史葛供图）

澳方已经于 8 月 13 日派专家和钻探队进行资源钻探，9 月 3 日结束钻探，结果肯定可以开采 17 年以上。这个现代化石场初定年生产量 50 万吨碎石，澳方第一次总投资为 1700 万港元，10 年期间更换设备的投资 1400 多万港元，全石场的工人仅 24 人。深圳市建材局方面将选派 4 名工人到澳大利亚学习先进的技术和管理方法。

这是许局长心里谋划的大事情。

时间和工作好像吵架的两兄弟，时间很少，工作很多。

许局长也有高兴的时候，磨了很多嘴皮子终于要来了懂英语的人，而且不是借的。他叫周家淦，资深的老海关，英文是在教会学校学的。他不懂石矿场的专业技术，可是懂英语，只是周家淦的年纪已经 62 岁，退休了。

要不要？

要！只要身体好，不怕年纪大！不要，还从哪里找？最起码能够解决中英双方的沟通问题。

许局长拍板了。

乌石古石场的中方经理终于到位，许局长不怎么说话，只是用力握

着老周的手说"好"。

　　老周来了，她依旧天天都在忙，准备有关材料，拟写呈交市委主管建材曹副书记的报告，准备新一轮谈判的资料。

　　1979 年深圳市委主管建材的是副书记曹喜芝，他常常来和平路 7 号。

　　每当碰到意想不到的急事难事，关键时刻，许局长就一句话："找曹老头！"

　　大家背地里都喊他"曹老头"。他应该是北方人，头发花白，七沟八

1979 年马窟岭石场中初级碎石机，生产能力每小时 660—1100 立方米（罗湖，深史嘉摄图）

1979 年乌石古石场的隧道运输带，设有两台推振器，一台过磅量重器，并设有电子感应的称重装置
（罗恩·策史葛 供图）

梁一脸皱纹，手指短粗，大头钢笔一握在他的手中显得特小，小得好像一不留神就会溜到地上。他总穿一件深蓝色的中山装，脚上穿一双广东人称"懒佬鞋"的北方布鞋。样子很憨厚，尤其眯了眼嘿嘿笑的时候，若手里敲打着一根细杆烟筒就像北方老农。赠送他"曹老头"外号，也很贴切。

他从佛山地委调入深圳。新来的第一任深圳市领导干部都住在市委附近的砖瓦平房里。一列平房七八个房间，每个房间约 10 平方米，一门两窗没有洗手间，也没有厨房，更没有主卧室之分。

他的房间陈设太简单了，一张床和一张半新的藤椅。

房门外是长长的走廊。只有他的门外设有一个煤炉，烧着一壶水。为了省煤，和普通人家一样，蜂窝煤上压了一块铁，剩了几个小洞洞冒火。

第一次来，他正端了碗吃饭。

她拿着材料心里不踏实，不知道书记心里乐意不乐意。犹疑的时候，他眯眯笑了，二话没说，放下饭碗就看送去的材料，然后很详细地问为什么，特别是一些关键问题，还记录在他的小本子上。

有些看上去不为人注意的小问题，她答不上来。他就说一定要弄清楚，

第二章

乌石古岁月

要许局长亲自打电话告诉他。

她心里有些纳闷，曹书记要知道这些干什么？他甚至还让她回去告诉许局长，必要时会亲自参加和外商的谈判……他不是说说而已。

谈判到了最实质和最关键的时刻，合同的期限原定 15 年，后来澳方要求 20 年。而石米价格，澳方答应每方支付 13 元港币，而每方石粉支付 2 元港币。争持中，中方坚持每方石粉 4 元港币。

吴海忠也是建材局业务骨干，尽管他毕业于华南农大农机系，可脑子好使，拿着计算器算，比较来比较去，两只眼睛滴溜溜一转：这个 2 元的价格太低了……

许志坚局长也点头。

中方在谈判桌上坚守每方石粉必须支付 4 元港币，理由一、二、三。

谈判，就是来来回回地讨价还价，各自说理。就这个石粉价格，澳方说不行，一堆计算一堆数字。

许局长还是坚持每方 4 元。说实话，这些实质价格的谈判，她从来没谈过，只有"不懂"两个字，她怎么也没有弄明白每方 4 元的意义，只是英语的听力和口语能力，一下子蹿上来了。

谈到最后，澳方用了"不可能谈"的一招，说走了。结果没几天电话来了，再谈，最后同意每方石粉支付 4 元港币。

许局长说得没错，深圳市真的很重视这个项目。关键的时刻，省建材进出口公司的总经理、深圳市洽谈办的彭鹏主任和市委主管建材的曹喜芝副书记，全部出席谈判。

经过多轮的细节谈判，双方同意正式签订协议。

她归业务科管，可坐在谈判桌上，她又成了笔录的秘书。局里连打字员都没有，谈判的中文协议，大多是她手写的，这时候她是写字员。

这天下午谈判达成协议，英文版由对方的打字员打出来，而中文版本交由她一个字一个字抄出来。字体还要求工工整整的宋体字，香港方面的秘书写不出这样的宋体字。要知道，这不是一张两张纸，一本几十页的合同正本！幸好原本当美工，练过美术字，字体工整不难。

洽谈办的301谈判室，甲乙双方人员为达成协议签字微笑握手拍照，然后在当时的春园餐厅宴请所有参与谈判的人员。

她不可能参加宴请，301谈判室只剩下一个她，伏案抄合同。从下午到晚上，吃了点东西又继续抄。年轻到底是什么？就是熬过了凌晨竟不觉得眼困，写写写，只是手麻了，握笔处凹出一道红杠。

第二天早上签合同之前，几十页的合同正本赶出来了。这时候，她右手的中指食指和大拇指伸不直了，她只好用左手把它们一根根扳直。

合同抄好了，马上通知澳方按时签约。这时候的局长，脸上闪了闪，闪出一瞬间的笑，没有任何称赞和奖励，只让她补了一天休息。

周家淦经理倒是表扬了一句："字写得很漂亮。"

休息了一天回办公室，业务科科长老陈看着她，脸上洋溢着兵强马壮的笑，合不拢嘴露出一副烟渍不多的大白牙。他两条胳膊摊在办公桌上，挺起胸膛似乎面对了整个办公室几十号人：一切都向好的发展，我们和澳大利亚合资的石场正式签约。现在合同要办各种审批手续，首先要报市建委，市委曹书记，报省对外经济联络办和省建委……设备马上要进场，很快澳大利亚方的首批人员也要办理入境手续。

她笑着点头。

她是他唯一的兵，这些需要跑腿的事情都只能一个人干，她也不觉得委屈和不妥。

她基本上天天跑，市里省里建委公路局公安局外事科等等。许多项都属于深圳第一，石矿场使用的无线电对讲机，深圳从来没有企业使用过，必须到市、省无线电管理委员会报批；采石用的炸药是从香港进口的，这也没有先例，必须经公安等等部门审核批准；至于从深圳罗芳边界处开设一条跨境的运送碎石传送带，碎石产品直接出港，这破天荒的装置还不知道属于什么部门批准……这些一个接一个从来没有过的第一，连接着乌石古石场的一切。

这些从来没有过的"第一"，要走无数的审批单位，每一项都必须往那份合同正本的签名处盖上公章，实在枯燥。有趣无趣都得把一个个公章走回来，有的盖一个公章要反复走几次，后来数数盖有10多个公章，这合同不知道走了多少地方和多少路。

1979年9月28日，还差两天就国庆节了，忙忙碌碌的大家都没想到放假似的。

局里召开全体会议，来了有几个月。第一次开大会，地点就在和平路7号，大概30人参加了会议。蔡科长首先谈到目前情况，念了一段"我们都是来自五湖四海"的毛主席语录，然后说许多同志不懂业务，连合同都不会签，有的人签了合同就把钱打出去，结果收不到货，有付出了好几万现金却没有材料回来……

接着许局长手里拿着一个小本本，没有讲稿，只是看一些数字："我们建材局是1979年4月份成立，在没有会计、财务，也没有仓库的情况下开始经营，几个月后情况好多了。现在各科人员陆续多了，我们担负了整个深圳市建筑材料的供应。基本建设方面的投资，1979年4200万元，1980年计划1亿元，再加外商投资的1亿元，就靠我们30多人。今年计划供应的建筑材料光水泥就有6000吨！可运回来多少？600吨。其他建筑材料有100万吨找不到车皮运回来，现在的车皮已经很照顾了。这条线出口的鸡、鸭、鹅、猪，已经够多了，沙石水泥属七八类货物……今年，我们只有靠运输，明年就好多了，有和澳大利亚合办的石场，有我们自己办的石场，部队也准备办一个石场。这样，我们的压力会减轻。所以，大家要努力干，过去，我们打游击的时候不是更苦吗？今天也是打游击，这是高级的游击，可以睡招待所的弹弓床！可我们有的同志怕苦，听到要管理梅林的石场就怕远，不愿意了，一离开深圳就不愿意。如果不愿意，哪里来就回哪里去。我们要挨过这三五年，我们给后代留下些什么呢？我们现在一穷二白，现在搞改革开放，要改变一穷二白，要让大家都过好日子，那时候就没有人"督卒"（偷渡）了，不变，不搞好，我们死后埋在地下也会被挖出来！"

这个死后埋在地下也要被挖出来的话，他说的特别重，会场鸦雀无声。

她正在记录，更不敢吱声。写到"死了埋了也要挖出来"这话的时候，不知怎的她想起小时候回坪山老家，经过一片坟地，看到有很多露天的大肚子坛罐。父亲说，客家人死了埋几年就把骨头挖出来，骨头就装在这些"金盎"。为什么？父亲没说。她脑子走出了和平路 7 号，溜到了学画画的时候，她临摹过很多这样的骨头。想到画画，她的笑不知道怎么就自己跑出来了。

许局长瞪人了："这不是开玩笑！我们要打第二次游击！"

# 文锦渡

1979 年乌石古石场各类从香港通过文锦渡的设备（罗恩·策史葛 供图）

　　1979 年的文锦渡非常繁忙，这一个货物进出口的关卡像两个窄口瓶子，窄口对窄口，对接部位就是界河桥。

　　宽约 10 多米长约 100 多米的界河桥就是深圳和香港共同的盲肠，丝毫没有回旋的余地。窄得只能容两部车通过，一部来一部去，从深圳过了界河桥，香港那条蜿蜒在山脚的公路像羊肠一样九弯十三曲，比桥宽不了多少，只要有一部车堵在桥中央，后面的车就别想通过了。

　　她根本不知道这点，从来都没有越过界河的她怎么可能知道？

　　自从建材局和澳大利亚建筑材料（香港）有限公司签订了乌石古的

　　1979 年，乌石古石场从文锦渡至罗芳至莲塘至沙头角的国防公路，沿边界弯曲
而上，没有沥青和水泥，凹凸不平的泥路（罗恩·策史葛 供图）

合同后,她整天忙着跑,几乎每天都奔跑忙碌在盖章子这件事上面。那份合同因为有许许多多的第一次,所以合同上头盖满了公章,建委、外经办、五金矿产、海关,还有这个那个。总之,合同条款里有路就得有公路局,有无线电就得有无线电管理委员会,所有的公章都得跑,一个领导接一个领导地签名。她充满了好奇,原来深圳有许多压根就没有听过的部门。

不过,所有的记忆都不及第一次进设备那般深刻。

这天乙方的第一批设备通过文锦渡进入深圳。几部白色的大货柜车前前后后占据了桥,一过了桥就是这边的小停车场,只要往前开10米,离开那窄桥,进入中方边界的小停车场,后面的车就可以通过了,可这大笨象一般的车子偏偏堵在桥头。

海关说报关手续不完备,手续不完备就是不能过。不行就是不行,

1979年进入深圳的澳大利亚采石专家,宾杜加、约翰·史藏龙、罗恩·策史葛。首批设备从文锦渡入关,驾驶货柜车的正是他们。当时进入深圳属"无牌驾驶",不见查抄牌照,只是路太窄小,车胎庞大,不到10公里的路程,走了3小时以上,创造了深圳"塞车"之最

宾杜加　　　　约翰·史藏龙　　　　罗恩·策史葛

绝对不行！这是规定。

进不行，退可以吗？那后面一条龙似的车队望不到边了，堵塞了两小时。这队伍上百辆车或是上千辆车也没法算计，只知道有增无减越堵越多，这车队怕是过了香港的上水已经到了粉岭。这一辆接一辆无法前进的大车一个劲地响喇叭，如果要它们后撤，就得从最末的一辆开始，一辆辆往后撤，别说只有港方警察才能指挥大车后撤，就算真的后撤，花一天的时间也未必能做到，有这种可能吗？事情明摆着只能前进不能后退。

许局长接到了一个电话。大概香港方面急坏了，联系了深圳相关的外事部门，外事部门直接打来了电话。

许局长从来不会大声嚷嚷，这下，他站在业务科的门口对她喊：快！文锦渡堵死了！去找文锦渡海关，处理这件事情。

澳大利亚方的石场经理宾杜加，突突突开着全深圳独此一部的红色吉普，停在和平路 7 号。他火烧一样冲进办公室，张开嘴叽里呱啦叫。

她摆摆手，把自己塞进这部红色吉普。别说了，去文锦渡。

如何处理？海关办事员斩钉截铁要车开回去！这可能吗？

她无可奈何在边界来回转，不管走到哪里都只能站在界的这边看界的那边，不过上百米之遥，那几辆堵在桥头的车一清二楚。

宾杜加，站在桥这边，把食指和拇指插在嘴里，一声清脆的长啸越过边界。而堵在桥上的那几部车，驾驶室里的罗恩（Ron）和约翰（John）立即挺出半个身子，黄毛脑袋乱晃，也把手指塞进嘴里，一声接一声更响更急的啸音就这样越过边界。

一切都在桥的中央凝固了，足足占了整座桥的大货柜本来就耀眼，如今在太阳光下更是闪闪发亮鲜明夺目。

宾杜加无法明白为什么没办好过关的手续，合同上面已经有十几个公章了，有那么多的公章还不行？这一份合同，他们乙方的公章只有一个。

他什么话也不说，大睁着眼睛，模仿了盖章的声音，高举了拳头往

1980 年春天乌石古石场的大型装载铲车，她从没见过这样的"巨无霸"，一米八五以上的策史葛先生还没有车轮子高
（罗恩·策史葛 供图）

1980 年春天乌石古石场正在进行浇灌碎石平台。鬼佬经理和中国工人的首次合作并没有因为语言不通发生障碍
（罗恩·策史葛 供图）

下狠狠一捶：梆梆！垃圾！

她也不说话，夹着厚厚的黄皮合同和资料，在海关跑上跑下，浑身蒸发着热汗，人好像刚刚出笼的烫人馒头。

她找到了文锦渡海关的关长。满脸络腮胡子的关长个子很高，直逼那位一米九的宾杜加。什么事情都见过的关长不紧不慢，说也接到了有关方面的电话。为了堵车的问题，香港方面很焦急，车已经堵了两个多小时，新界一带的交通受到了严重的影响。海关关长知道车堵在桥上，不能进不能退。

她打开合同，有半本电话本黄页厚重，倒背如流："这是目前中国建材项目中最大最先进的采石场，所有的进口设备全都有合同依据，而这合同也具备了所有有关单位的批准，最后一页的十几个公章可以说明一切。"

跑了这些日子，她对几十页的合同条款已经了如指掌，这一条款在这一页，那一条款在那一页。她翻给关长过目。

为什么报关手续不完备？因为没有打印的正式批文。

那打字员病了，没有人打印这一份批文。

关长问：你们的报关员呢？

她的咽喉冲上了什么堵住了，惭愧，建材局没有报关员，借五金矿产的报关员帮助报关，如果一定说有就是她自己。

她答非所问，指了指旁边的宾杜加经理，乙方按合同规定运进设备，如果设备耽误一天，建材局就得赔 3 万。

宾杜加紧皱眉头竖起耳朵，凝神倾听，一句也听不明白的中国话却一句也不漏掉。她每说完一点，宾杜加根本不知道说的是什么，却很用力地把头往下一啄，每啄完一下，那蓝眼睛就一眨不眨瞪着关长。

关长翻看着她说的条款以及最末一页的公章，说理解她，也相信她说的是真话。

她请关长相信，让车开过来停在停车场，正式的批文到了，才把车开走。

关长还是皱起了眉头，海关出入必须按照严格的报关手续。不完备是不可能入境的。这是要负责任的。

她把所有的话都说了，关长不敢负这个责任，她一点也不怨恨关长，甚至还很理解。她听说海关规定很严，连海关的孩子穿沙头角买的香港塑料凉鞋，海关的父母都要写检查。

关长说，只有一个办法，找主管书记签字，只要他同意，有他的签字海关就放行，没有办法……

没有办法，关长也只能说到这个份上了。她疲惫地走出了关长办公室。

这火烧眉毛的时候，上哪里找曹书记？

她多么无奈地抬头看桥，看那桥头中央亮晃晃的白色活动房，突然看到一群人，领头的不就是曹书记？绝了！原来，曹书记带了一批省里的客人在桥头参观。

上桥头！

她常到文锦渡桥头办事，有一张上桥头的特许边防证。翻出一看，过期了。过期了也要上，她先让宾杜加站到卫兵看不到的地方，免得添乱。

她自己站在卫兵的面前，又一次说麻了嘴唇。卫兵拿着过期的特许证看了又看，正要说什么。她怕，怕听到那个"不"字，不等卫兵拒绝就把自己的深圳居民证塞到卫兵手里，意思是身份证押在这儿。大概她的样子也还老实，卫兵放行了。

她三步并了两步赶到曹书记面前，一五一十说了前因后果和来龙去脉。

曹书记凝望着那一辆接一辆堵在桥上的大货柜车，好一会儿没有说话。

只要让车开过几米，暂时留在停车场就解决问题了，车子就不会堵塞这么长的时间。

曹书记还是沉默。

她怕了，说不清楚？绝对不是不办手续，请曹书记签一个名，把车子留在停车场。正式批文一到，才把车子开到乌石古……因为说得太多，她的声音也沙哑了。

可是让曹书记签名就是让曹书记负责。她这样不顾一切地冲上桥头，在这样的场合让曹书记签一个名，让他负责，这合适吗？

她不知道对或错，更不知道曹书记相不相信她。这些她都顾不上了："曹书记，一定要签字才放行，我们可以先把车开到停车场……"

突然，曹书记抬起头，声音有些沉重，问她在哪里签字？

她还以为自己听错了。

当他掏出自己的笔，签完了字，她才相信了，可还很坚定地说保证只把车开到停车场。

曹书记皱了皱眉头："按合同规定，你们的设备早就应该进来了，为什么还要留在停车场？把时间浪费在这里，我知道你们这个项目，我签字，正式批文可以补，这一批设备不能拖，海关检查了就放行……"

这是真的？

她看着曹书记，曹书记也看着她，他的目光一点也不含糊。

他眉头紧皱。慢慢加了这一句："你以后有什么急事可直接找我！"

这瞬间她无话可说，没有想到会这样。她愣愣地拿着合同往海关跑，跑着跑着想起了，应该说谢谢？忘了。

曹书记为什么敢负这个责任，从谈判到签约，他都很清楚。

曹书记还让吴海忠领他去看过乌石古的现场，了解合同相关设备的具体情况。

她突然明白为什么每一次汇报工作，他都问得格外仔细。他可不是乱签这个名的，一切心中有数，才会快刀斩乱麻。如果她碰到的不是曹书记这样一个有底也敢负责的人，那车要堵到什么时候？

……

# 乌石古

1979 年的乌石古石场，远处就是中英边界线 （罗恩·策史葛 摄）

当很笨很重的货柜车一辆接一辆从文锦渡开出来，雪白雪白的活动房，橘黄橘黄的装载车、铲车，一辆跟着一辆慢慢向海关检查的拱形通道移动。

这几辆庞然大物缓缓而来，被迫堵在桥上好几个小时的约翰和罗恩，从驾驶室的窗口探出脑袋，又是挥手又是吹口哨，仿若通过凯旋门。

这宾杜加高兴得手舞足蹈，在车前车后来回跑来回叫。好些货柜车的司机都从驾驶室伸出脑袋看这乐颠颠的洋人，不少的还大声吆喝"痴线鬼佬（疯子）！"

宾杜加听不懂，咧开嘴点点头，还冲人家伸出大拇指，以为别人问他设备运去哪里，大声嚷嚷刚刚学会的中文："乌石古！"

她站在桥头默默无言，好！很好！一切都过来了。

第一批设备进关了。不过，从文锦渡到莲塘乌石古的国防公路从未出现过这样级别的"大家伙"，它们之间有点不大协调。这条沿着边界的国防公路，本来就很曲折窄小，勉强可以过两部小货车的黄泥路，路面布满大大小小的坑洼。这下更显得不堪重负，轮子下发出一声声奇怪的呻吟。

车子太重，不能在这坑坑洼洼的窄路上撒欢跑，慢开，和蚂蚁差不多的慢。

路边竖立着一根根木头电线杆，有的电线横跨路的上空，更得用一根竹竿撑起电线，车子才能通过。这大约八九公里的路，走了几小时还不到一半路，倒是引出不少围观的人。

车屁股开始跟了几个人，渐渐沿途的客家村民轰动了。男女老少全都夹在路边，有光脚丫有戴凉帽有扛锄头有挑粪桶还有端了饭碗的，跟着车屁股后头，瞪圆了眼睛。他们眼里，这绝对是怪物。从来没有和"红毛鬼"这么近距离过，这个说那肚皮一托托，十足你们家猪栏的老母猪；那个说"红毛鬼"在叽咕叽咕讲什么，和你家的抱窝鸡差不多。

他们稳稳和车子保持三五步的距离，边走边怪声怪气地学了洋人叫"OK"，把"OK"叫成粤语屙屎的发音，大家哄笑一场。

沿途洋溢着奇怪的欢乐，有生以来第一回见到这样的"红毛鬼"。乡民们说话的嗓门很大，一双脚其实不敢真的靠近"红毛鬼"，看"红毛鬼"就像看麻风病人一样，隔得远远的，一颗心跳得怦怦响，禁不住看也禁

1980年春天，
澳大利亚采石场经
理侯士在工作平台
（侯士 供图）。

不住慌和怕。

莲塘的国防公路第一次行走这样的巨型大车。不知道叫它们什么，有些大胆的毛孩往车轮子扔石头，跳着脚大声叫打中了"大家伙"。这"大家伙"的确够大的，车轮子比人还高，车屁股和他们的房子差不多。

而压低嗓子说得最多的是坐在"大家伙"上头的"红毛鬼"，车前车后数了数，有3个红毛鬼。

祖辈留下很多关于"红毛鬼"的故事，眼睛是绿的，头发是赤的，一身都是猪毛一样扎人的毛，一嘴咬死一个娃娃，这下子看得可清楚了。真的，真的"红毛鬼"，又高又大，手臂粗得像木瓜树身，脸红得像醉酒佬，眼睛一闪闪鬼火一样的绿光，笑起来好比天上的雷公轰轰叫。

关于"红毛鬼"，她也听祖母说过，红头发绿眼睛的"炮打鬼"……

对于这些和祖母一样的客家村民，这些界河边的乡民，那些1898年之间的故事实在深刻，界河两岸的人通过一代代口传故事认识洋人，大概也这样想。

后来，前头运载活动房子的大车碰上一个大凹坑动不了。有大胆好奇的就走到车前，四处敲打，摸摸崭新的活动房。

中国工人 little 周，1980 年春乌石古石场的首批中国工人，鬼佬们记不住中国人的名字，只好给工人们起了些好记的"查理"一类的英文名字（罗恩·策史葛 供图）

1979 年装载铲车，（乌石古石场）988B 型号
6 立方装载量（罗恩·策史葛 供图）

宾杜加等等全跳下车，用力推，怎么使劲也推不动车子，怎么办？
她想只有请村民帮忙，可村民摇头摆手。

第一次和中国农民打交道的宾杜加，摊开大手做出拥抱和友好的姿
势，还"OK！OK！"地叫，可村民一看跑得比飞还快。

车子不能永远停在路上，怎么办？

宾杜加说推车有报酬，推上路支付多少钱，这可是大价钱。当时，
莲塘罗芳这一带乡民允许过境耕作，常常辛辛苦苦挑一担菜过香港卖，

1979年乌石古石场连接初级和二极破碎机的传输带，每小时可运输 180 — 250 立方米石块（罗恩·策史葛 供图）

一天也不过二三十元，这么用手推一推，要不了 5 分钟，钱高出好几倍，为什么不赚这钱？

他们你看我我看你，队伍里站出了几个青壮年人。

村民中冒出一个人，黑黑瘦瘦像一根藤条，穿一件很旧但没有补丁的四口袋灰布中山装，脚上还套了双乡下很少见的塑料拖鞋，看上去是个头儿。村民问他，他说可以，可是不要人民币要港币，要港币可以到河那面买东西，确实是见过世面的人。

"OK！"宾杜加高兴地大叫。他们和中国农民第一笔交易立即拍板成交。

村民也是第一次。

"鬼佬"进来了，开着那些"大家伙"，他们没有中国的驾驶执照。

有人说按规定在中国境内开车要考牌，不能让他们自己开车，可哪里找到开这些"大家伙"的人？他们不上谁上？许局长不吭声，特区特办，不行也行了。

在他们之前，深圳的大街上没有一个外国人可以开车上路。终于有一天，大概是交通部门明确指示不能让他们开车，这让他们恼火，他们唠叨着一次又一次出示他们的国际驾驶证，怎么国际可以，中国就不行？

监理所就在深惠公路和解放路交界的边上（现在的东门路和解放路交界天桥东侧），办事人员态度极好，一个劲笑："从来没办过，不敢做主，除非谁谁的批准签名。"

最好的办法是建材局派司机。

建材局的人本来就不够用，不可能为他们派司机，一定要为他们办理驾驶执照！许局长把这任务交给她。

她上上下下找市里的领导。监理所不属于建材范围，别的市领导也好找，很多时候，晚饭后，在新园招待所和工人文化宫的小路上就能碰上。结果找这里批那里盖章，为了洋人的方便更是为了局里方便，同意"考牌"。

宾杜加、约翰、罗恩，是深圳第一批考牌的外籍司机。

他们一听说能考中国的车牌，高兴得就像要过圣诞节，一个个吹起了口哨。

那个大清早，她领他们去考车牌。

此时，这3人很懂得维护个人形象，穿得干干净净，头发抹了发胶亮闪闪的，身上弥漫了香水的味道。他们整整齐齐走进了当时深圳唯一的监理所。监理所的人说什么，就干什么，特别服从。

办事人员考得挺严，这些从小就会开车的"鬼佬"上路是绝对没问题的。只是辨别颜色那一关就有点奇特，那时候深圳没几个能说英语的。办事人员用中文问什么色，"鬼佬"反应快，不用翻译就一下子说出那红黄蓝绿。可听在办事员的耳朵里却像鸭子嘎嘎叫，闹不懂说的是啥，剩下的就是笑，形式一下就是了。

上医院检查身体更有意思，宾杜加的个子实在太高，量身高的护士大姐伸直了手也够不着。他突然把脑袋一缩，让自己的尺寸少了一截，在场者捧腹大笑，笑弯了腰的护士大姐只好劳驾他们自己互相量身高。

办驾驶证得照相，一进照相馆把那影相佬（摄影师）吓了一跳，竖在照相机前面一个劲笑。"鬼佬"们使劲做出摁快门的手势，他才从梦中惊醒，给这些第一批领取深圳驾驶执照的"鬼佬"照了张历史照片。

他们终于获得了这个能够在深圳驾驶的红本本，威威风风地上了路。

当他们知道这是深圳第一批外国人驾照，骄傲极了，一有机会就让人瞧他们的红本本，还一本正经竖起大拇指用广东话说自己"第一"。说实在的，他们甚少违反交通规则，特别是罗恩。那时候深圳只有一个

乌石古石场浇
灌碎石平台
（罗恩·策史葛 供图）

1979年乌石古石场第2号振筛，可完成分类碎石产品38mm、20mm、10mm和5mm的规格，每小时分类大约200立方米至250立方米（罗恩·策史葛 供图）

红绿灯路口，就在深惠公路和解放路十字交叉处（现在东门天桥附近），夜深人静，没有人没有车，只要红灯亮着，他就老实停下车，一切看灯行事。

　　有一回大白天，不知怎的交警叫住他的车，大概是查驾驶证。车门一开，交警有点吃惊，也许是有生以来第一次和"鬼佬"正面相遇，不懂英语的交警也镇定地比画着。

　　这大个子"鬼佬"一边嘻嘻笑着一边从兜里掏出个那个红本本，很自豪地表明自己是"第一个"。交通警笑了，手一挥，叫了声人人都明白的"OK"，罗恩就彬彬有礼讲了句广东话"唔该晒"，竖起大拇指，大家各自扬手，同时叫"拜拜"，然后愉快上路。

　　这天，988型装载反斗车的接口螺丝扭弯了。整个莲塘还没有一部可以打香港长途的电话，要赶到深圳挂电话到香港，可莲塘离深圳市区有 8 公里，石场的车出外了，怎么办？

乌石古石场的"鬼佬"很有人缘。

一位不知姓名的驻莲塘军营的军人正领着亲友到石场参观。听说这事，撇下亲友，立在公路边，截停了一部解放牌车，把罗恩送往深圳。

那时的深圳不但交通不便，通讯更差，没有多少地方能打香港长途。又是一位不知姓名的监理所干部把他让进了所里的电话间……这全都是第一次。

中国工人很难记住"鬼佬"的名字。石场的首任经理名叫宾杜加,性格很"猴"。浇灌装置水泥底座的那天，他挥舞着铲子往搅拌机送水泥、沙石，没想到水泥沫溅入他的眼睛，呱呱乱叫的他好似一只发疯的金猴子。几分钟后，洗干净眼睛的他又

1979年乌石古石场的初级破碎机，满载石料的卡车，驶入供料平台，倾斜石料，石料通过破碎机压榨分裂为各类碎石（罗恩·策史葛 供图）

1979 年乌石古石场连接初级和二极破碎机的传输带，每小时可运输 180 立方米—250 立方米石块（罗恩·策史葛 供图）

呵呵呵地大笑，眨着一双发红的金睛火眼，耸肩膀，吐舌头。

　　她送给他一个外号"马骝"，大家一下就记住了。他也特别高兴，别人问他叫什么名字，他也乐乐地说"I am '马骝'"，要知道这可是他的第一个中国外号。

　　别的鬼佬也向她讨"外号"，于是，她就按照一个家庭的组合，从"父亲"到"祖父"，以及"舅舅"全都有了。这些红头发绿眼睛，平时哈哈笑，干活很卖力的"鬼佬"很受用这些外号。中国的工人们一下子就记住了。

　　他们中没有一个会说中国话，深圳的一切很新鲜。不懂汉语，翻译不在，他们就拼命用手比画，像哑语一样，渐渐也学了一些粤语，常常半洋半广地表白自己："I am 鬼佬！"意即我是外国人，这还用说吗？另一句"I am 弟弟！"意即我是年轻人，哥哥是年长的，他不是年长的，是那个弟弟。

　　那位"侠士"，黄头发小胡子，嗓门也大，动不动就用广东话叫"开工"，当然他自己经常"开工"开得一身泥一身水，这里破了一块皮，那里损了一点肉。中国工人常常光了膀子大干，他也干脆不穿了，短裤光膀子，没有一处是干净的。这泥人的样子当然显老，你不能说他老，一伙年轻人估计他有40多岁，他晃动双手哇哇大叫，一面做出要出拳揍人的凶样，一面用刚学会的广东话直嚷："I am 弟弟！"他真的只有24岁。

听到他们一句一句说出这些合成的创造性语言的时候，她很想笑，可看他们一本正经的模样，不得不点点头，表示很明白。

这些"第一"越来越多，第一个在深圳取得运送炸药的通行证；第一个获准设立无线电对讲装置；第一个设立越过边界的碎石输送带……

这许许多多"第一"构成了他们的深圳生活，充满了趣事。最有趣的是约翰的妻子罗宾来看望丈夫，看到丈夫手下的许多中国工人，一激动就按照自己国家的礼节，侧了脸要亲吻那些年轻中国小伙子的脸，可真把小伙子们吓得脸红耳赤，逃得比飞还快。

1980年的乌石古石场澳方生活区。这房子的特别之处在于整套房子在国外生产，里面装修和生活设施齐备，均通过文锦渡进口，在乌石古石场一安装，通电通水即可使用。图左为洗衣清洁房，图右为乙方员工房（罗恩·策史葛 供图）

1980年乌石古石场澳方生活区。图中为餐厅，图右为贵宾房，图左为乙方员工房（罗恩·策史葛 供图）

1980 年的乌石古最热闹之夜：BBQ。远处星星点点的灯光，那就是中英边界了……（罗恩·策史葛 供图）

乌石古的 BBQ，当然还有啤酒，啤酒之后就是"的士高"，石场洋人侠士经理想把中方工人小许拉去蹦两下，小许扭扭捏捏摇头摆手，有点心动却始终无蹦出第一步（罗恩·策史葛 供图）

1980 年乌石古石场的澳大利亚专家布力基和史藏龙，换上了节日的干净装束，在水库酒家度过周末（约翰·史藏龙 供图）

1980 年的乌石古石场的洋专家还有一个"串门"的爱好，尤其腿脚扭伤，找到莲塘的土医生，揉一揉、捏一捏、擦一擦、体验一把"中国医生"的神奇，布力基如是说（约翰·史藏龙 供图）

乌石古石场，收工了。好，策史葛先生顺手拿起一把铲子，嘴里哼着吉他小调，这样的自我娱乐是 80 年代初的常态（罗恩·策史葛 供图）

约翰妻子丈二金刚摸不着头脑，纳闷自己是否很可怕。约翰一看着了急，叫妻子别忧虑，三步并了两步，抓了一个，像老爹抱儿一样，双手一围，把手脚乱舞的中国小伙抱到妻子跟前，让妻子的唇点了点小伙子的脸。中国小伙子的脸比红布更红，两人都是平生第一回。

他们的工作很苦很单调，每天 10 多个小时泡在梧桐山下的乌石古，这么苦为什么？他们说来中国可以拿很多钱，多少？比在澳大利亚多许多，但没有一个会说数目，就像女人不说年龄一样忌讳别人知道自己的工资，连他们彼此也不知道。

那时候深圳没有什么娱乐，洋人大都爱找乐，且在乌石古找出了乐趣。

他们和中国工人一起在泥巴里踢足球，一个个像泥猴子一样跑和踢，并且大笑。

罗恩没有乐器就抓起铲子，仿了弹吉他的模样，蹦着跳着自己给自己伴唱，脑袋晃得有模有样，好像手里真有一把浪漫的吉他。

他们也有走出乌石古的时候。最高兴的时候，他们和中国工人 10

多人挤在一部人货车上。那时的路真是凹凸不平，一溜开就一溜跳荡。累了一天的他们，颠簸也是一种乐，越颠簸笑声越响，到了水库或是小梅沙，狠狠地来一顿 BBQ，再跳跳"迪斯科"，打道回营休息的时间也到了。

当然，他们妻儿来乌石古的时候，她领他们逛十字街，带他们去新安酒家饮茶。

80 年代的深圳娱乐节目单调，乌石古石场的澳大利亚乙方员工和专家们自寻娱乐，参加了香港一年一度的"龙舟"竞赛。"乌石古石场队"没有得到名次，得到的是满满的骄傲，那种写在脸上的"第一次"，看上去多炫耀多显摆，他们的俗语：幸福不藏在心里，就得让幸福像开水那样沸腾……"龙舟"大赛是 1980 年乌石古石场的大事，最吸引这些"鬼佬"的无疑是这一具中国"龙头"（宾杜加 供图）

1980 年春天，乌石古石场的中国工人，这些乡村的小伙子踏入深圳莲塘的第一天，没想到连住宿的地方也是借乡民的旧房（侠士 供图）

　　那几个早来几天的洋人，在妻儿面前摆出一副内行的样子，饮中国早茶，学会说"饮茶"。当别人给自己倒茶的时候，还煞有介事像广东人那样用自己的两根手指轻敲桌面。

　　第一次来中国的大多瞪了眼把那些"虾饺""烧卖"的小蒸笼子看了又看，说喜欢这中国的"菜"。

　　有的很警惕地倒竖拇指说不要可怕的蛇，也有使劲摆手说不要可怜的狗，更有几个吐出舌头说不吃讨厌的黑老鼠。

　　最后全把脑袋侧向她，让她告知服务员。

一小碟和一小蒸笼慢慢端上桌面。

脆脆的春卷一进嘴化了碎片片，有点像他们的脆薯片，这是最受欢迎的。

虾饺烧卖很可口，一口一个，然后高竖起大拇指连连叫"Good"；金黄色的凤爪可以接受，尝试了第一碟后再追加五碟；雪白的牛肉肠粉味道好特别，滑溜溜夹不起就成了手抓牛肉肠。

她让服务员给鼻子尖渗了层热汗的他们，每人要了一碗皮蛋瘦肉粥，品尝了许多好东西的他们绝对相信，也不问了，低头喝粥。

喝着喝着，有个挑起一片青灰色的皮蛋研究了半天，你猜我也猜没一个猜出它的材料。

她用尽了自己的英文词汇也解释不清那是一种什么蛋。聪明的罗恩眯着眼，大概在琢磨，这黑乎乎的小东西和蛋的距离实在太大，不可能是蛋。

即使是蛋，也怕是很老的蛋？

她一听，绝对准确，一点也不错，的确是非常"OLD"的蛋。

罗恩来中国不止一次，他突然悟了，轻轻放下自己的粥，神秘兮兮地对满桌的同伙说：对了，这就是 200 年的老蛋。

200 年的老蛋，他看看所有人，也许他们曾经谈论过这个话题，定义过这样的 200 年老蛋。

噢！我的上帝！他的夫人最先反应，低声叫了。

他们的眼神互相穿插，慢慢放下了手里的碗或调羹。

罗恩的神情很严肃，好像面对的不是蛋，而是一具"木乃伊"，这蛋的制作方法也许就采取了木乃伊的技术。

说到皮蛋的技术层面，她就说不清了。她不知道木乃伊的制作方法，但是皮蛋好像是用石灰腌制的。

她怎么说？她应该说石灰是消毒的，对人体无害？不需要说了。

他们对中国皮蛋的理解一下子就凸显了，本来大口大口喝粥的洋嘴巴有的半开半闭，有的干脆闭紧了。

罗恩脸上的神色凝重：好可怕的蛋，像美国还像澳大利亚的历史一样长。

这不是幽默，他们一个个很严肃地表示不再吃皮蛋瘦肉粥……

她明白了，从此没有再为他们点皮蛋瘦肉粥。

……

80年代初乌石古石场的中澳双方员工，最高兴的日子莫过于澳方专家家属来中国"探班"。首选就是深圳水库酒家的丰盛晚餐，除了中国美食更因为那一湖荡漾而去远近皆悠然的水 （罗恩·策史葛 供图）

1980 年中国人有春节，没有圣诞，澳大利亚专
家们只有往香港渡过《平安夜》（约翰·史藏龙 供图）

　　乌石古的石头是乌色的，可表土却是褐红色的。他们开山辟岭，劈
出一片褐红色的泥海，这些推土机、挖土机、装载车不停啃不停刨不停
推进拉平，渐渐有了一条通向半山的大路，渐渐上坡处和下坡处都有了
一个平台。

　　下坡处的平台将安装整装运来的房子，上坡处的平台将安装深圳从
没有过的现代化碎石装置。

　　乌石古，这个梧桐山半山腰上的石矿场正式投产了。

　　界河边上的乌石古石场，举行了开幕式。

1980 年乌石古石场开张仪式的嘉宾，深圳外事办主任刘杰（中间者），乌石古石场所有进出境的外国专家都通过外事办取得合法签证，刘杰绝对是见证人（罗恩·策史葛 供图）

1980 年乌石古石场开张仪式，中方和澳方高层，深圳市委曹喜芝副书记和史密夫（澳方总经理）互祝合作成功（罗恩·策史葛 供图）

1980 年乌石古石场开张仪式。深圳市建材局局长许志坚（左一），乌石古石场中方经理周家淦（左二），深圳市委副书记曹喜芝（左三），澳大利亚建筑材料有限公司史密斯总经理（左四）。所有人的脸上几乎都挂着灿烂的笑，和谈判桌上那副严峻的脸面判若两人（罗恩·策史葛 供图）

1980 年乌石古石场开张仪式，中澳双方互赠纪念品，慷慨地摆姿势，让香港和深圳等地媒体按下快门（罗恩·策史葛 供图）

# 中旅社

　　和平路最南端有一座大厦，从香港一过罗湖桥就看到的华侨大厦。大厦坐落在深圳界河边，过去一点儿就是渔民村，这里紧靠河，常常发大水，一发大水低洼地就被淹成湖塘。

　　弟弟在侨社工作。20世纪70年代，闹过一阵地震，侨社职工就拿块床板露宿大厦门外的空地。这天夜晚，睡着睡着，怎么会摇摇晃晃，床板动了。惊醒一看，水，界河的水已经上台阶了……

　　1979年底到1980年初，澳大利亚方的矿场专家在华侨大厦断断续续住了好几个月。华侨大厦还有一块牌子"中国华侨旅行社"（简称中旅社）。

　　她的工作也得三天两头跑侨社，跟着他们一起去工地，领他们去办理各种各样的手续。

　　她特别喜欢走那一段路：从火车站或侨社沿着和平路进城的路，路边一幢接一幢红墙绿瓦小尖顶大阳台的小楼，有的还有花园，简单说就是现在的别墅。不是千人一面的那种小楼，各式各样，童话一样的房子摆放在这古旧小城，摆放在这凹凸不平的泥疙瘩路边。这样的对比更显房子的漂亮。这让她好奇，怎么会有这样的房子？大弟弟告诉她，房子的主人大都是过番出洋的人，回家乡盖侨房。

　　她这天去侨社，经过这些看不厌的房子，羡慕住这些房子的主人。深圳的华侨很多，侨房很多，她家老屋的房子也算侨房，可那是旧式的，是20世纪30年代的房子，保留了客家传统味道的夯土房。而这1979年的侨房已经完完全全另外一种风格。

　　她看着这些漂亮的房子，想要是住上这样的房子，就是许局长说的好日子，就不会有人"督卒"了。

　　华侨大厦很漂亮，广东内地的城，几乎都有华侨大厦。

　　回国途经深圳的华侨、港澳同胞有多少？逢年过节，看看九龙海关和边检就知道了，人龙盘缠再盘缠，那叫"打蛇阵"，就是说排队过关的人龙好像盘起来的一团蛇。其实何止一团蛇，那是一团又一团挤在一起密不透风的蛇！真难为这些思乡心切的人们，大包小包还拖儿带女，为了返回惠阳、潮汕和福建过春节，年年如此，不曾更改。

　　这些取道深圳回乡的人最最困难的是住宿。平日人就很多，一到过年过节华侨大厦的房间全住满了，常常因为人太多不得不在二楼三楼的会议室加床打散铺，有时候连走廊都加满了床。那时候的房价3元5元，除了总统房，大都在10元以下，很实惠的，不少人在侨社住一晚，安心睡一觉，第二天坐侨社的大巴赶回家乡，方便极了。

　　这华侨大厦也挂"华侨旅行社"的牌子，老深圳人习惯简称它为"侨社"。华

70 年代的华侨旅行社
（张伟明 供图）

侨和港澳同胞也这么叫，说起侨社，没有谁不知道的。

这四五层高的华侨大厦可是深圳最高级的酒店，有单人房、双人房、三人房，房间的设施很简单，连风扇也没有，只有一把葵扇、蚊帐和藤编凉席，可是窗明几净，床铺整洁，让人感到很舒服。

最高级是四楼的总统套房，房间除了总统外，从秘书到其他工作人员，全都分配明确的房间。是否接待过真正的总统？所以才叫总统房，这就不知道了。这套房在20世纪70年代中期住过一批刚刚释放的国民党高级将领，政府让他们自由选择住地，其中有的人选择出国。出国前，他们就在这套总统房开记者招待会。

1979年至20世纪80年代初，建材局和澳大利亚签订乌石古石场的合作协议以及设备进场期间，澳方人员把总统套房包了，十天八天甚至几周一个多月，侨社简直成了他们的家。

住得最久的是平整石场工作平台和安装活动房的日子。按照合同，澳方进口一套从国外定购的包括卧室餐厅洗衣房还有贵宾房的活动房屋，说白了就是在国外组装好的成品房，一个大间分成一间间，整体就像长方形的白色大货柜车，里面的所有生活设备齐全，运到采石场安装即可入住。在这之前，他们都住在侨社的总统套房。

大清早，这些红头发、黄头发、棕头发的"鬼佬"一出房门就蹬蹬蹬往楼下跑，又一个接一个急急跳上停在门边的红色山野四驱吉普，一阵风地赶到乌石古……

傍晚甚至天黑，他们才一身泥一身水回到侨社的"家"。他们走过的地方蜿蜒着一条粗壮的泥迹，一只只红褐色的泥鞋丢在总统套房门口。

这给侨社带来了多少麻烦？从来都没有这样脏的客人，每天清洁卫生的工作量是其他客人的几倍甚至十几倍。

服务员找到她，从来没有见过这样的客人。请她告诉总统套房的客人，能不能注意一点，别搞得到处都是泥。

深圳水库酒家，1979年是深圳人心里最高档的酒家，接待的都是港资旅行团。水库，可是香港人一日游的必备节目，就想知道这供香港饮水的水，到底干净不干净（张伟明 供图）

1979 年 8 月 25 日，深圳市旅游局创建了西沥（丽）水库露营胜地，吸引了大批港澳同胞。9 月 20 日对外开放营业，营地有 10 只游艇、10 支小口径步枪、10 辆自行车、10 个帐篷。那是当年深圳人最常去的旅游点（张伟明 供图）

　　她和服务员说他们不是观光游客，是地地道道来深圳干活的打工老外，光秃秃的工地能到哪里换洗？理解理解。

　　她和这群打工老外说要注意卫生，他们笑着点头说"对不起"，可第二天还是泥猴那样脏。解决的办法，他们从吉普车下来的时候，脱鞋！仅穿袜子拎起鞋子冲上四楼，可还是留下不少泥污……

　　这批总统套房的客人，这批乌石古石场的采石、爆破、机械等方面的专家，绝对是服务员当年最难"服务"的客人。

华侨大厦里面除了有容纳一百几十人的中餐厅，有卖各种国产商品的小卖部外，还有一个小花园。花园里有水有山，四周被多种热带植物、盆栽果树包围了，一片鸟语花香，很美也很有岭南园林的格局和韵味。

侨社最重要的功能，要算提供深圳人和海外侨胞香港亲友会面的地点。

1979年开始，早期20世纪60年代偷渡香港，多少年不敢回乡的港澳同胞也跨过了罗湖桥，甚至一些思乡心切的台湾同胞也偷偷"旅行"来了。那时候还没有普及电话，双方大多在信里约定，或是让人带口信：某月某日几点几分，在侨社的大门、在侨社的餐厅、在侨社的小卖部、在侨社的花园见面等等。

那天看到一个从来没有回过国的老华侨，手里拿着40年没有见过的亲人照片，一面走一面辨认。一看大门那个和自己年轻时候一模一样的人，不用说了！他跟跄向前，和儿子相拥，儿子也一声声乡音很浓的"阿爸"，父子俩就那样在大堂互相搂着号啕大哭。

每年春节前，都有一群群东南亚华侨从罗湖过境赶回福建。有一年不知是车还是路出故障了，上百人滞留深圳，所有能住的地方都住满了，不能让这些同胞露宿街头。侨社腾出了大礼堂，加床再加床，一个礼堂住满了，好像开华侨大会一样热闹，也许这是世界上最大的客房了……

说起侨社还有相传很久的故事，20世纪50年代末期，有说王光美来深圳会香港亲友，找遍了深圳，也没有一间像样的酒家和旅社，她回去后向中央建议建酒家戏院和侨社。也有说陶铸来深圳视察，决定把边陲小镇建成祖国南大门的橱窗，"橱窗"就是深圳戏院、华侨旅行社、新安酒家。

华侨旅行社、深圳戏院、新安酒家于20世纪50年代末同时兴建，60年代初完工，被喻为边城的三大建筑。这就是侨社的来历了。

## 外事科

1979 年那阵儿，一出深圳火车站就是当时深圳最宽阔的大路。铁路东边建设路，铁路西边和平路，两路中间宽阔凸起的路墙铺设着广九铁路，建设路与和平路中段的通道深圳人都叫它"穿窿桥"。这个"窿"令建设和和平路有了捷径。

深圳公安局外事科就在穿窿桥西边的和平路附近，长长的一列两层楼房，不过并非全属外事科。

1979 年 8 月刚刚成立的外事科和建材局一样，办公室也是借来的，有 3 个小房间，会客室、签证室、值班室。

外事科的人不多，也就 4 名外事干部，可都是专业人员。

20 世纪 80 年代初的特许边防证，上沙头角、文锦渡和罗湖口岸的桥头，都需要这样的通行证（张黎明 供图）

这天，她去办签证，手里的公文袋鼓鼓囊囊的，近 50 本护照，除了两本法国，一本斯里兰卡，其余都是澳大利亚的。乌石古石场的设备马上进入安装调试阶段，那些护照是这些工程技术专家的。

上班时间没到，值班室还没开门，门外已经零零散散站了近 10 人。她常常来办签证，一眼就认出这些人多是蛇口工业区或深圳百事可乐等几个外资企业的，手里少的一两本护照，多的几十本护照，她知道自己必须老老实实排在最后。

上午 8 点，门开了。

办签证的人像弹簧一样蹦起，挤到那个人民路早期建材局一样的小窗口，几乎都要办加急。有说明天要入境签约，有说下午就得过来看场地，急！急！全都十万火急！

外事警官看上去毫无表情，没有听，只是一页一页翻护照，让人很知趣地熄火静候。

这时期的外资企业多了，外国人签证和涉外案件也一下子比过去增加了许多。值班房里这些懂外语的警官稳如泰山，看一本本护照，比绣花还仔细认真，当然不能出错，这可是代表中华人民共和国发放进入中国的通行签证，核对无误，才盖上那个小小的印戳。

她来得多了，就知道签证科的"开科人员"4 人中有一位叫廖观友，深圳横岗的客家人。

20 世纪 70 年代，他决定回家乡深圳的时候，深圳和省城比也就是芝麻绿豆一样的小城，还不知道特区二字是什么意思。搞组织的干部一看他的档案可是傻眼了，有没有搞错？学法语的专业人才，20 世纪 60 年代初的中山大学外语系毕业生，毕业分配到北京国际广播电台法文组，70 年代中期调回广东外语学院任教。

宝安县的人事干部犹豫，有这么大的菩萨没有这么大的庙，小小的宝安县哪里需要一个学法语的？

奇怪，廖观友心里只有一个想法，返回家乡深圳，回到妻子和孩子的身边。人事干部看他回乡之意坚定，想来想去，最后把他安在师专，也不是搞本行。真的，廖观友并没有想过自己会当上外事警官，没两年，说深圳建市成立经济特区，这就需要外事警官了，机会就"撞"上了正当壮年的他，他成了深圳最早的外事警官。

有一天，建材局接到了外事办的电话，需要局里派人去领人。建材局和澳大利亚合资的乌石古石场，有位洋工程师竟然闯进军营了。

这军营在禁区，不允许任何无关人员进入，更何况一个洋人？

乌石古工地正在进行平整土地，准备建中方营地和安装澳方活动房。这位洋工程师上山找水源，颇为自信的他凭着经验找，找着找着，水源没有发现却迷路了，急急往山下走，走着走着就进了隐藏在禁区的边防军营房。

哨兵端着枪喊站住。

又渴又饿的他猜出了这是不准动的意思。他站住了，愣愣看着兵士的枪，摊开了两只手，表明自己没有攻击力，还说了一通自己上山找水源的经过，说得唇干舌燥。

哨兵眼瞪瞪一句都不明白。

哨兵报告了长官，长官让洋人进了营区，洋人又把话重复了好几遍，长官也没有任何应答，只是用肢体语言告诉他，坐着别动。还好，给他倒了一杯水，他一口喝干了，又倒又喝，连连几杯。

长官用巴掌做出碗的模样，另一只手往碗里舀，好像吃饭的动作。洋人明白了，他摇头拍打肚子，意思一天没吃饭了。

饭菜上桌，工程师狼吞虎咽。

长官已经逐级报告了深圳市，最后廖观友他们赶到了连队。

他为什么闯进了禁区？

廖观友等人的出现让连队松了一口气。这个洋人来自山半坡那个推土机轰轰隆隆的乌石古石场，连队其实也猜出了几分，这下确认了。

工程师更是喜出望外，终于让大家明白他是来找水源的。可当他知道自己闯进了不该进的军事禁区，嗖嗖地飚出了一身冷汗："上帝保佑，要坐牢吗？千万别坐牢。"

廖观友警官和建材局联系，查明他的确是出外寻找水源的工程师。这乌石古石场上上下下正在急得火烧火燎，失踪了，不会失足掉山沟了？

结果，外事警官严厉阐明禁区不可再闯。工程师把头点了又点，那颗悬着的心放了下来，十分感谢连队让他吃了一顿饱饭，十分感谢中国外事警官在他最需要的时候出现了，最最重要的是没把他当间谍关进监狱……

这故事成了乌石古新闻，羡慕啊！竟然走进了神秘的中国军营，别说洋人。她想都不敢想，也不知道乌石古附近竟然藏了个军营。

廖观友他们还有别的故事。一天，有个白种女人从边界的深圳河游过来了，被边防军逮了个正着。可她双眼一瞪手脚乱舞叽哩呱啦骂人了，叫她上车她不上，边防军说东她说西，她要干什么？她从哪里来？是间谍还是疯子？边防军一阵紧张。

外事警官一来就弄明白了。那女人掏出身上的英国护照，原来她很好奇这个神秘的赤色中国。20 世纪 80 年代初办签证不很容易，内地就在香港对面，这外国女人在边界走走看看，越看越稀奇。小河又窄又浅，喝了许多酒的她胆子很壮，脑子一热跳进河里扑通扑通就游了过来。

80 年代末，廖观友的法语真正派上了用场，深圳兴建大亚湾核电站，法国人来的很多。1988 年 10 月，应中国公安部邀请，法国核安全际委员会代表团来深圳访问，交流核安全方面的情况和经验，当时的公安部部长王芳亲自宴请客人。

在深圳历时 3 天的访问中，廖观友不但是"译员"也是"保卫员"。说真的，调入外事科近 10 年，他还是第一次参加外事接待，好些年没即

1987年她早已离开了深圳市建
材局，再问乌石古石场就是朋友。那
种曾经共度艰苦岁月的朋友。1987
年那些返回澳大利亚的洋朋友们邀请
她访问澳大利亚，此时澳方高层拿出
一份当年的报纸，图文并茂报道了他
们自己的惊奇发现：中国的采石场竟
然有一位女性。（张黎明供图）

兴翻译了，全靠在国际广播电台近 10 年的日子，几乎天天和法国专家们"泡"在一起，磨炼出一身真功夫。廖观友陪了几天，养兵千日，也就用在此朝了。真正让法国人看到一位尽职的行家里手，看到了深圳外事警官的风采。

这时候的外事科已经搬离和平路了……

那时候的外事科属于乌石古的岁月。

报纸出来了，他们的任务就是[到]处派送，听老百姓的反应。**每[人]抱着一沓沓竖排彩印对开四版[的]报纸**，各自分工**在新华书店、[汽]车站、火车站四处派发**，人们[的]踊跃令他们站都站不稳。

第三章

# 石子路年代

# 晒布岭

1981 年了。

每次到新园招待所四栋（2016 年的迎宾馆）都是送报告审批之类的急事。这天市领导们正在开会，她只有待在那个空无一人的边廊，坐在面对花园的廊边矮墙，静看着墙外的花草树木，不时回头张望那会议室的两扇门。只要听到门颤动的吱吱声，她就站起来，希望门里走出许局长让她找的领导，请领导在一份报告上签名……

市委丁励松秘书长也来到走廊，似乎要找什么人。丁秘书长五官匀称，个子不高，身上没有一丝赘肉，很利索的样子。如何认识丁秘书长？也许在新园招待所或工人文化宫市委领导们经常散步的小小的石子路上。三五成群的他们，家还来不及落在深圳，几乎没有娱乐节目，散步成了最高档的享受。遇上认识的一个，也就认识了散步的一群。

在等待的片刻，难得的闲聊中，秘书长问她看什么书？写过文章吗？她一点也不在意地说，调入深圳前当过广东省人民广播电台的通讯员，电台约写过稿子。

没想到秘书长说，深圳马上要筹办一张报纸，非常缺人，愿不愿意去报社……

报纸，这让她很吃惊，这是她从来没有干过甚至也没有想过的事情。对于此她很新奇，怕是这样，从这一秒钟开始，有了一种难以说明白的诱惑。

这么偶然的闲聊，竟然决定了她后来的走向。

特区报老照片，1983年竣工的办公楼（江式高 摄）

丁秘书长说办报纸的事情由宣传部部长李伟彦负责，他会推荐。李伟彦也是散步群的常客，似乎见过面。

很快，通知她去办深圳第一张报纸。

许局长脸上没有任何表情，不说行也不说不行，更不松口让她走，这等于不行。她以为走不成了，走不成就不走，没有再提。其实很清楚许局长的不悦，建材局最需要的就是人，一个萝卜得填几个坑，她要是一走，不知道有多少个坑要找人填补。

有一天，宣传部副部长张坚来到建材局。他矮矮胖胖，声音尖亮，眯眯眼即使不笑也有种弥勒佛的感觉。他一见许局长就拍肩膀哈哈笑，他们是东纵的老战友。

张坚后来告诉她，他拍肩膀问许志坚借人。谁都知道刘备借荆州的故事，许局长心里非常明白张坚的"借"。

第二天苏贤珍把她喊到政工科，叹着气说建材局很缺人，你干得好好的却要走，没有办法，顾全大局，宣传部要建材局放行，许局长说不放不行……

她一出政工科正好碰上许局长下楼，想不到局长紧绷绷的脸竟扒出一丝笑，想说什么却摇摇头叹了口气。

这一刻，她觉得自己错了，生怕许局长说出什么话，自己会掉泪。她不敢看大家，赶紧溜回业务科，花了一天时间，把自己管理的所有合同文件和资料，分门别类，装进一个一个的文件袋，并在文件袋上标明文件属类。这是她能为建材局做的最后一点事情，让接手的人清清楚楚，不会被许局长骂。

她悄悄地走了。

从初创的建材局到同样初创的特区报，从1979到1981年，这正是深圳一个初创接一个初创的时期。

筹办特区报的办公室在哪里？

事情很巧，刚来深圳时，建材局借的是人民路北端工业局的一个房间，当时的深圳第三小学附近。这筹备特区报的地点也在当时的人民路北端，深圳中学对面的晒布岭，离深圳汽车站步行不到两分钟，对面就是东郊她的家。

2016年从布吉等处进入市中心会有进入市区的标志，1981年应该在

1982年，深圳
特区报记者窗锦荣采
访乌石古石场经理安
士（供士 供图）

晒布岭挂上"进入深圳市区"的指示牌，绝对恰当。

晒布岭的来历说不清有多久远，也许深圳开墟的时候有个染坊，染好的布匹就在这小小的岭岗上晾晒，故此名曰：晒布岭。

而老一辈深圳人都知道深圳墟上大街，满满一条街都是布匹丝绸、印染布料加工成衣、蚊帐等等招牌，绝对是布街。

晒布岭和上大街有没有联系？

1981年的上大街，布街功能早已经被50年代扩建的解放路代替，那些店铺绝大部分成了地道的住家。

1981年的晒布岭也没有晾晒布匹了，只留下了一个让人猜想的地名。斜斜的坡顶建有一列平房，这是一个有点神秘的单位：深圳六三三电台。晒布岭只是六三三电台的办公室和发射台，收讯台设在当时公安局看守所的东侧。

1981年的深圳媒体仅有线广播站一家。而六三三电台并非现在的广播电台，主要功能为转播中央台的节目，若机器够用也干扰境外的华语电台播放。这个特别的功能有多大作用？只有内里的人才知道，当时的平民百姓似乎天天都能收听港澳电台。

小平房的其中一间，正是调入深圳不久的市委宣传部部长李伟彦的"家"，也是借六三三电台的房间。

没人说这是筹办特区报的办公室，事实上也不算办公室，没挂牌子，也什么都没有。一进门空空荡荡，除了地板就是天花板，不见办公桌或办公椅。这就是常常开特区报筹备会的地方，开会的时候不知道从哪里搬出一些折叠椅，或许从电台借来的？这真是除了人什么都没有的办公室。

人，除了她就是宣传部宣传科的几个人：曾锦堂、丘盘连、黎珍宇、刘学强，还有从知青办调来的林雨纯，杨村柑橘场调入的刘叶城，他们或多或少都写过通讯报道，或当过记者……

年轻是很年轻，但没有一个创办过报纸，可任务恰恰是创办深圳第一份报纸。最起码的办公室都没有,就开始办报,特区报是什么? 如何办? 谁也不知道。只是一种构想,一种大胆意向。

可他们好像从来不去想这一个问题,仿佛这个问题不是问题。就是要办深圳的第一份报纸,没有别的,而且要办好这一份报纸。

后来,李伟彦常常对人说这些创办报纸的人,开初的四员小将,跟着的十二儒生,再接着十八棵青松,这些人都明白无误地被诱惑过来了。

首先去广州南方日报社学习,李伟彦亲自带队,带大家开始报人生涯。

常见的业务学习,采访写稿,通讯特写,大同小异不用细说。

李伟彦带着这群年轻人去东方宾馆去广交会,当时的广交会聚集了世界各地来中国贸易的客商。年轻人不是商人,去干吗?

更有意思的是,这天晚上直接去了东方宾馆的舞厅,当时跳的全是"迪士高", 这种欧美国家普罗大众的热舞。

深圳市委宣传部部长李伟彦带他们进了舞厅。

其实在深圳也跳过"迪斯科",家里偷偷摸摸跳。这和"牛仔裤"、"喇叭裤"、"大胡子长头发",还有香港电视,在 20 世纪 80 年代初还都属于禁忌。1981 年即使没开禁,人们也自己放开了。

在东方宾馆的舞厅跳"迪斯科",这下把压抑一下子抛到脑后,自我感觉从来没有这么好过。尤其是黎珍宇,完全放开了,跟了音乐走,跟了感觉跳,心情豁然开朗,好像打了一针强心剂,什么怯场也没有了,不顾一切地欢笑和蹦扭。

这"迪斯科"动作特别简单,似乎没跳错跳对的问题,所以疯起来很容易。

他们自己跳不说,还想拉了李伟彦一起下场。他没有跳,静静坐在一个角落里,看和微笑,他在想什么?

闲聊的时候,他曾经说过在深圳办报纸有压力。

如何顶住压力办好深圳的第一份报纸? 什么压力?

李伟彦说，1979 年看香港电视是可以定罪的，什么罪？"反革命罪"。就连建经济特区后，深圳也刮过一阵拆鱼骨天线的风。

她记得那些反反复复的日子，人们，深圳的老百姓大大小小，上上下下都心照不宣偷偷摸摸看香港电视。大多数人并没有很强烈的政治意识，只是太枯燥了，香港电视"欢乐今宵"里的"肥肥"沈殿霞真是老百姓的开心果。

去东方宾馆的舞厅跳"迪斯科"，蹦上了，那几天从白天到夜晚处在一种驰骋的状态，实在很累，把累蹦没了。

后来问过李伟彦，他说让大家感受感受一下氛围，扩大视野。

其实，对于她，这些视野都不及李伟彦的妻子张文倩带给大家的。就在李伟彦的家，这位很普通的音乐老师给年轻人们弹奏钢琴，过去听的钢琴曲，都是从收音机匣子走出来的。这样近距离的真人真琴，实在且柔韧的指尖轻轻滑动，琴的声音从远至不可及之处变得就在伸手之间。

张老师不是什么名家，这演奏在行家们的眼里也许会有很多瑕疵。

而参与筹办特区报的普通的她，并非音乐爱好者，且五音不全不懂钢琴，却被那些从弹跳指尖羽化而出的音符打动了。似乎打开了心里的一扇门，打开了什么？仅知道打开了，却永远也说不明白打开了什么。也像 1985 年在西藏沐浴节的拉萨河沐浴，像 1986 年在澳大利亚玛丽河的滑浪，都轻轻触动了一扇门……

2016 年，当时间已经过去了 30 多年。

依旧很难说明是什么。

就这样开始办报，接着有了真正的筹备办公室，在当时深圳市委大院里（现深圳市公安局），市委大院也就是 20 世纪 50 年代初从南头搬到深圳的宝安县委。报社办公室就在市委办公大楼东侧一间八九十平方米的瓦面平房，长方形的大房子没有间隔，四面的墙壁没有批灰而且很高，窗子不大，极像乡村里的大谷仓，听说它真的是仓库。

这简陋的仓库也是借来的，最重要的是借来了新华社驻深圳记者站的张洪斌。这一借也没有还给新华社了。

这个谷仓一样的办公室并无间隔，一张张桌子拼接在一起，成了一张巨大的会议桌，具备了写稿编辑和会议等等功能。

这张会议桌还有特别功能，开始连一部电话都没有，像手榴弹一样巨大的"大哥大"还没有出生，相互的联系就靠这张大桌子。每天早上就在大桌子前聚集，然后分工和约定，某时某刻某地某人等等，若有什么变动，就在桌面上的玻璃板下面压张说明条。

通讯如此滞后，并没有令这份报纸的创办停下脚步。

靠门处常常一溜摆了好几辆单车（自行车），有时候任务多，报社的单车好像就那么一两部，所以，远道骑车，近道"11"路步行，大家十分自觉。

她的家在深圳东郊，有自己的私家单车，比现在的私家小车还珍贵，让人羡慕。不过这些私家车常常共用，都把单车让给采访路线远的，要不单车尾架载上一程也好。她的车曾经借给谁？一借十几天，老爸还以为她的车丢了呢。

谷仓办公室常常会出现新面孔，队伍又多了一位同仁，就好像过节一样高兴。还记得戴木胜一来就"上岗"，忙了一天。她想尽尽地主之谊，可实在拿不出什么好东西招待新人。

老市委西边是蔡屋围，只有乡村没有店铺，再往西更荒凉。老市委往东不远有个小公园，里面高耸了革命烈士纪念碑。

当时从老市委、蔡屋围修出一条通往西面的路，将市委和蔡屋围连接，门前泥尘滚滚，这光秃秃的深南大道胚胎路能走两部车。路边不见茶楼饭店，只有一堆堆泥沙。

那天天气太热，坐着不动都浑身冒汗。她领着戴木胜去尽尽地主之谊，一直往东走到桂园路，鼻孔蒸出的全是热气，人已经成了火烟囱。正好看到一家冷饮小店，请戴木胜饮冰水吧。

戴木胜非常老实，咕噜咕噜就荡除了热气。没想到他的胃还没有经过深圳的锤炼，还没有当记者的"神仙肚"素质，当晚上吐下泻，让那杯小小冰水搅得天翻地覆上医院急诊……

李伟彦、张洪斌和他们在这里开过无数的会议，会议内容全都十分具体，基本上是分配任务。虽然分工跑工业、跑财贸、跑文教，事实上人手不够就得临时调配。

筹办报纸的工作千头万绪，记者们除了写文章跑新闻，还得跑纸张跑印刷跑刊号，跑"深圳特区报"的报头题字。天天都很忙，什么都很缺，连印刷的新闻纸都到处求人。

有一次还让她跑某新闻单位请求支援纸张；江式高本是摄影记者，可连档案都管过；黎珍宇熟悉深圳各行各业，就跑得更多了……

所以到了特区报还是建材局的翻版，一身多职，不仅仅她，所有的人都这样。

大家剩下的一点点时间，都渴望躺下睡一觉，美美地睡。许多时候来不及做一个梦，一个通知就得马不停蹄了。

这天，李伟彦部长突然让她到省里办理特区报的报刊登记，十万火急，必须在最短的时间内办好。明天出发行吗？不行！马上出发！没什么可说的，说走就走，最后一班车已经开出，没有客车，那货车也有吧？

她上上下下满火车站找人，终于知道有趟开往广州的空货车。

坐上了，真的空空荡荡只有一个人。经历了两年深圳的初创期，她1979年来深圳时，那依着车窗欣赏美景的雅致烟消云散了，她需要的是睡一觉。于是睡了，那是1981年最美丽的一觉，在咣咣当当的列车上无梦至终点。

赶到广州也不敢歇脚，怕误了时间，当晚就得找省里领导，结果十分顺利。

1981年6月，《深圳特区报》试刊面世，全报社编辑、记者带上彩印试刊号走上街头派报。图中是深圳汽车站的长途汽车上，"抢报"的人太踊跃，没站稳，手里的报纸就空了（张黎明 摄）

第二天就上出版部门办理具体手续。

说起来真是天方夜谭，办具体手续也没有阻碍，可面对这张登记表傻眼了。报社地址、电话号码、社长、总编等等，这些可以说没有也可以说有，那时候谁也没来得及去想名正言顺。先有鸡还是先有蛋，谁也说不清，管它先鸡还是先蛋，办报就是办报，办起来再说。

不过事到如今就得填上这些栏目，她赶紧给李伟彦部长打电话。社址把那栋临时的借用大谷仓算上，地址怎么填？李伟彦说，深南大道1号。这深南大道就是门前那条挖开的泥路，正式命名了吗？这门牌真的是1号？她来不及考证了。

电话号码呢？没有，怎么填？李伟彦说用宣传部的2188。

她得到了启发，总编填张洪斌，这是事实。那时候借来的他，关系还没从北京调来呢！社长填谁？李伟彦大概也是首次碰到这个问题，等研究吗？不能研究了，必须填上去，不填好登记表不能入户。

特事特办，谁负责报社？她说，李部长，不是你负责吗？那只能你。事实上，不填李伟彦填谁？就填了李伟彦。

她这么三下五除二把事实全填上去，如果严格算起来实在有点玄乎。不管怎么说，《深圳特区报》就这样入了户口，办理了期刊登记证。

其实，工作还是很规范的，人员分了几摊，负责采编的第一人是曾锦棠，负责发行的第一人是余继华，美编第一人算莫莫。

而他们这些年轻人，就是《深圳特区报》的第一代记者和编辑。那张拼起来的会议桌也是辩论场，尤其试刊前夕，为了如何办报的问题，针锋相对各抒己见，不知道的人还以为在吵架……后来年轻人多了，辩论大台便天天有议题，时事新闻以及深圳的发展和问题，修马路盖私房，每个人都有自己的角度，角度不一观点各异。个个都血气方刚不喜欢隐瞒自己的观点，恨不能以最高音量把自己的观点表述得淋漓尽致。

黎珍宇观点鲜明，用词辛辣，常常语不惊人不罢休；音量最高的当

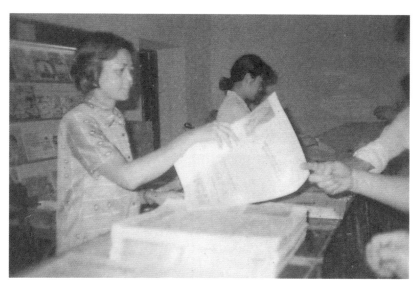

深圳新华书店售报，买报的大都是有点文化的，很有秩序，自觉排队（张黎明 摄）

长途汽车上"抢"
到特区报试刊的乘客
（张黎明 摄）

"首先，通过邮局发行，这是当时所有报纸发行的主
渠道。其次，参与采编的人兼做发行。当这些报纸从香港运
到文锦渡深圳口岸时，报社的七八个人早就等候在那里，他
们充当临时搬运工人。报社每个人都提着一捆报纸上街卖
报，火车站、汽车站、东门、蔡屋围路口，都有报社的人在
叫卖报纸。再次，找一些可以帮忙的人来做发行。人们感到
新鲜——咦，《深圳特区报》！争着先睹为快，几大捆报纸
不一会儿就给抢光了。"转自《旗报》（张黎明 摄）

然是嗓门和个子都很高的江式高；张炯光也争得满脸通红，和名字一样炯炯发光。

林雨纯、黎珍宇和她都是本土深圳人，故称土著，其他来自广东以外的均称北佬。不管土著抑或北佬，只要一声令下分派采访任务，争辩暂停，马上出发。

《深圳特区报》的试刊第一期的版样忙碌出来了。试刊报样送北京后，他们通宵达旦之后依旧睁着布满血丝的眼睛不肯离去，心里敲着小鼓，等待京城送审的结果。

送审报样通过，试刊第一期开印。

报纸出来了，他们的任务就是四处派送，听老百姓的反应。每人抱着一沓沓竖排彩印对开四版的报纸，各自分工在新华书店、汽车站、火车站四处派发，人们的踊跃令他们站都站不稳。

深圳第一张报纸。

她去广州也得带上一捆报纸，站在公交车上说："我们《深圳特区报》试刊，这是第一期报纸……"话没有说完，人们就涌上来，不到两分钟，报纸就发完了。众多的老百姓看特区报试刊第一期，她拿出照相机，拍下了当年的镜头。

后来，谷仓办公室的人越来越多，几位刚从学校毕业的年轻人张宇堂等等陆续到位。人多了办公桌不够了，常常各跑各的，办公桌也没说是谁的，谁早上先到，坐上那个位置就是谁的。

这天，张洪斌笑眯眯说她那篇税收的稿件可上头版，然后劝她不要穿牛仔裤去采访。当时牛仔裤还属于港澳的奇装异服，她在建材局的时候，许局长没这样的限令。也许报社这样的宣传单位特别敏感，也得像六三三电台那样来点儿干扰？也可能有什么新规定？

不过张洪斌的语气温和得不大像批评，也许他预料到很"普罗"的牛仔裤在深圳有满街走的这一天。她继续穿牛仔裤去采访，到处泥尘滚滚，

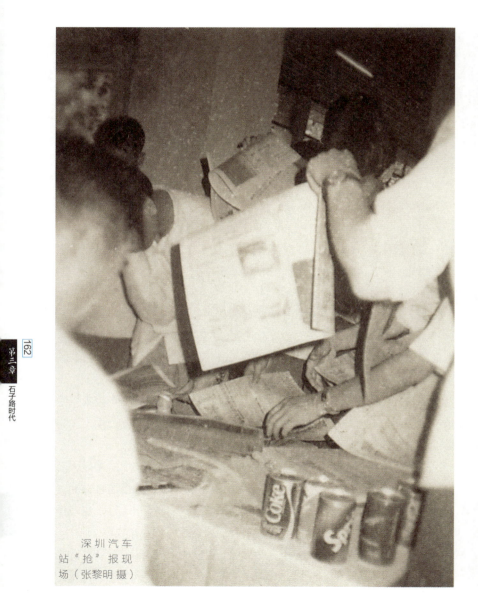

深圳汽车
站《抢》报现
场（张黎明 摄）

深圳街头卖报（张黎明 摄）

这牛仔布耐磨且不见脏。另有的原因就让人见笑了，这牛仔裤都是香港亲戚们送的二手货，旧衣服而已，符合许局长说的能用就不扔的原则。

就在办报的日子里，深圳的楼房或屋子，顶部都渐渐竖起一根竹竿，竹竿顶部捆绑着奇怪的鱼骨形状铝架，香港电视光明正大走进了深圳的家家户户。

许多年后，《深圳特区报》开周年纪念会，她和怕有 10 年没见的张洪斌坐在一起，很开心，说不尽的特区报旧事，无意中低头一看，他穿什么？一条洗得很白很干净的牛仔裤，一副精神抖擞的样子。她乐了，

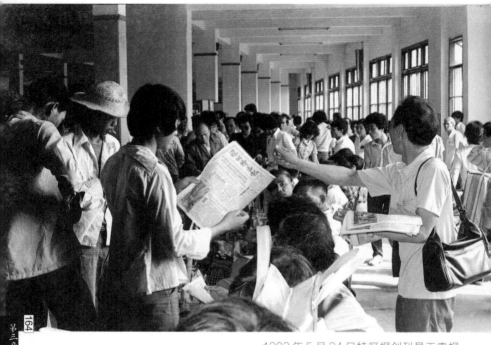

1982 年 5 月 24 日特区报创刊员工卖报
（深圳报业集团图片社 供图）

故意问他还记不记得她的牛仔裤旧事。

张洪斌嘿嘿笑，答非所问说他就爱穿牛仔裤，说自己有 6 条呢！牛仔裤好！是挺好，那年他也许有 60 多了吧？牛仔裤一穿，精神得很。

1981 年还有反反复复的禁忌，香港电视和牛仔裤都归入禁忌的一类。来来去去的折腾，历史弄得像一个玩笑。

SOLNA DISTRIBUTOR 25

《深圳特区报》1983年出日报时所使用过的印刷机(深圳报业集团图片社供图)

# 新园路

　　新园路，它的南端和解放路连成一个丫字，绕着工人文化宫往北，弯月一样，弯着弯着就和人民路并列了。新园路很出名，没有不知道它的，绝对是因为新园招待所和新园四栋。说白了招待所就是"开荒牛"的住地，四栋成了 24 小时的市委办公室，几乎所有的中央领导访深都住在这里。

　　新园路有一处地方，老百姓不知道，她也是因为筹办《深圳特区报》才知道的。

　　挨着深圳戏院，靠着工人文化宫侧门的"蛇口招商局联络处"。

　　1981 年《深圳特区报》成立之前，许多有关深圳特区改革开放的消息常常占据中国新闻的头版头条，且在第一时间传遍中国。

　　这奥妙和蛇口招商局联络处相关，并非这个处的功能，而是借用或租用这个处的各家媒体。

　　蛇口招商局在当时的深圳市中心设立了联络处。真会选择地方，新园路位于深圳通讯和交通最方便的中心地带，火车站、汽车站和邮局都在这个圈里。联络处就在深圳戏院旁的一个小小院子，门上挂着一块两本杂志大的联络处牌子。

　　院子正面是一排平房，大概有七八个房间，整栋建筑与岭南风格的深圳戏院同样秀美精巧，传说这是戏院的配套，曾为贵宾休息室。

　　1981 年，联络处的功能和来往蛇口的客商相关，迎来送往的一个点，这些房子似乎有点多余？怎么被新华社、《南方日报》、《羊城晚报》等等媒体相继相中了？为什么设立了记者站，没有考究过。结果这招商局联络处的"羊头"，常常出现境内外媒体的"狗仔"身影，像新华社的何文华、《南方日报》的李通波、《羊城晚报》的游雁凌等等，基本长驻深圳。不过这些媒体记者的眼睛紧紧盯的不是娱乐界名人，他们一步不离深圳，料到深圳这改革开放的窗口必定成为极具震撼性的新闻焦点。

初时，这些记者里，深圳大概只有有线广播站的黄新华。

1981年，深圳还保留着有线广播站，有什么大事，比如台风警报、国家新政策、深圳大事件等等，通过广播站，告知全市老百姓。那时期，中国的许多中小城市都有这样的有线广播站，连接到家家户户。

说实话，从1979年到1981年，她真没听过这样的广播。也许她的家在东郊，过于偏远，所以就没有连线到家。也许收音机太方便了，一拧开什么都听到什么都知道了，有线广播站也许仅限于十字街的老街坊。

有时候想，这个广播站算不算深圳现代媒体的胚胎。

香港的媒体嗅觉特灵，更有深港仅一河之隔的便利，深圳一有大新闻都蜂拥而来，常常光是记者就有一两桌。《香港文汇报》的小蒋、《大公报》的黄浦，还有无线台和丽的台的电视新闻记者，连英文《虎报》、《星岛日报》、《华侨商报》这样的中立甚至偏右的报纸也不落后，总之几乎所有知道消息的香港媒体都会赶过罗湖桥。

蛇口招商局联络处成了记者们的"窝"，每当发生什么新闻事件，这里就热闹了。《深圳特区报》进入试刊期间，她自然也常常往这里跑。

人一身多职不奇怪，连试刊阶段的特区报也一报多职。

深圳还没有电视台，特区报把这也兼了。

宣传部颇有眼光，要把深圳的历史记录下来，可没有电视台谁拍摄？可就是做成了《今日深圳》的几辑纪录片。

做第二辑开始，李伟彦把她"点"到《今日深圳》摄制组：这个任务很艰巨，要把深圳的历史记录下来，一点一滴都拍下来。

深圳没有任何拍摄单位，就从珠江电影制片厂请来了摄像和导演。

《今日深圳》摄制组
和深圳粤剧团主要演员冯刚
毅（右二）、郑秋怡（右三）
（《今日深圳》摄制组资料）

她负责具体的采访和联系拍摄单位，不但与他们对接联系，还得解决他们的衣食住行，甚至购买防潮设备，从防潮玻璃缸到冰箱，这等小事都得独自承担。大事小事，什么都得"负责"，这种多功能状态已是深圳常态，倘若提出异议，那就非常态了。

那是个不能叫难，也没有不能解决困难的年代。

李伟彦说没有拍摄任务就回报社，一有拍摄任务就带摄制组跑。她在报社，大约有一半的时间领着摄制组全深圳跑，总而言之把所有的深圳点滴，蛇口、国贸、罗湖桥、深南大道，连深圳粤剧团的《风雪夜归人》都用影像资料的方式记录下来。

事实上，报社所有的人几乎都这样身兼数职。那时候深圳还没有建成立体交叉桥，他们自己就是这种纵横交错的"桥"。

一会儿说国务院副总理谷牧来了，一会儿说深港澳组织文化艺术界的联谊活动，一会儿说罗湖桥头要补几个镜头……

有回谷牧来深圳，消息很封闭。李伟彦一个电话，她赶紧放下手中采访任务，马上和珠影的摄制组联系，再联系新园招待所，结果招待所满员，没有住的地方。总不能睡大街吧，幸好她东郊的家，修建的楼房已经完工，整个摄制组五六人，顺理成章全部住进她的家。

及时赶到新园四栋，香港媒体《大公报》的小蒋已经冒了出来，几乎深圳有大新闻就有他。如果说"小蒋来了"，那就是说有什么人物到了。消息灵通的小蒋眼睛红红的，好像一个晚上没有睡，还全副武装，照相机、录音机，当年内地媒体不配备这类东西，不少人常常找小蒋"补料"……

这天吃饭共两桌，领导一桌，记者们正好坐了一桌，深圳有黄新华、何煌友、曾锦棠等等。别看他们采访的时候一脸严肃，饭桌上大家都把一本正经丢开了，那何煌友操着一口客家普通话"演讲"什么，嘻嘻哈哈让人笑得喷饭。

这时候，谷牧突然站在她的身边，向媒体记者举杯敬酒，敬罢酒，

《今日深圳》
摄制组拍摄罗湖桥
头，偶遇当时的深
圳副市长邹尔康
（张黎明 摄）

还说只有你一个女同志。

谷牧说"你好！"她也说"你好！"

她"你好"罢了，四下里看看，真的只有自己一个女的。嘿！这么
跑跑癫癫从来没有想过性别，没想过自己和男人不一样。

······

摄制组的采访，最深刻的是 1981 年 12 月 30 日香港总督麦理浩第一
次访问深圳。并非因为他是麦理浩，只是在她所有采访中，这是最险的
一次。

12 月 29 号那天上午，她刚从广州珠影回来，下午 2 时向李伟彦汇报，

3 时半回报社。

　　这时候报社已经安装了电话，4 时电话响了，李伟彦的电话："麦理浩 30 号早上来深圳访问，第一站蛇口，第二站……要拍摄下来。"

　　那就是说明天！离明天只有 10 多个小时。早知道半天多好，下午就把摄制组带过来了。

　　放下李伟彦的电话，她就拨 114 接广州的 51700（珠影总机），那时候的电话还没有直拨，全都通过 114，114 告诉她广州 5 字头的线路全坏了！

　　她愣了几秒，立即转接火车站，火车站说最后一班往广州的火车 4 点半，

《今日深圳》
摄制组拍摄罗湖
桥头的英界警方
（张黎明 摄）

她回头问身边的人"几点？"

"4 点 20 分！"

已经赶不上了，这时候从门外探进一个脑袋，她认出是香港华侨商报的记者。香港和深圳仅一河之隔，可是香港总督却是首次访深。这是大新闻，香港记者提前杀到就是证明，连《华侨商报》都知道风声了！她有点急了，相信还有别的货车上广州，这样的车对于她很熟悉。又一个电话打到火车站，这回说是特区报的，有急事上广州。

"最早的，五点半有一班！快来！"

报社的自行车全出动了，她只有"咯噔咯噔"两条腿出了门。深圳屈指可数的那几部巴士和的士都没有影。她一溜小跑，从报社（蔡屋围）回到家（东门中附近）。上午从广州带回来的包还原封不动呢，她胡乱往里塞了件寒衣、照相机、采访本、证明（准备明天直接上蛇口），临出门，搜不到可以充饥的食品，随手把桌上的三个橙子塞进包里，准备当晚饭。

赶往火车站的途中，脑子也没
有停止转，去了广州，深圳的准备
怎么办？要拟采访拍摄的具体计划，
要先和特委接上头，还要准备采访车
辆和住宿等等，这些不准备好，明天
也是一个零，此时此刻如果把自己分
成两半就好了！

尽可能留在深圳，最好的办法就是
电话通知珠影。珠影电话不通，还有别
的电话，或者让可靠的人通知珠影。对！
一到火车站就请他们用铁路电话专线挂
电话上广州，专线或许会通。

1981 年 12 月香港总督麦
理浩访问深圳，梁湘（左一），
麦理浩（中），深圳旅游局局长
张秀明（右一）在西沥（丽）水
库会面（张黎明 摄）

1981 年 12 月香港总督麦
理浩访深期间被"围困"在记者
堆里，一人提问，所有人都录
音……（张黎明 摄）

1981 年 12 月香港总督麦理浩访问深圳，梁湘、袁庚在蛇口与麦理浩会谈（张黎明 摄）

《今日深圳》摄制组在深圳街头捕捉镜头的同时也被她"捕捉"了……（张黎明 摄）

想着,走着,有什么东西打落她的脸上,是雨!小毛毛雨,抹了一把脸,身子走得很热。1981 年 12 月天已寒凉,别说冷风和小雨,即便下钉子都挡不了路。

从东郊走到火车站,铁路局就在火车站二楼。

雨沉沉,天昏暗暗暗,从长廊一直往前走,看到对面楼梯口有个人向她走过来,渐行渐近,抬头一看那人也湿透了。再往前,那人也往前,感觉有点怪异,原来对面只是一面大镜子,镜中人竟然是她自己。她站在镜子前面认真看了自己两眼,湿透的头发,好像裹了条湿沥沥的黑头巾,不禁一笑。

没想到铁路局专线也不通,铁路局的人说还是赶去广州吧,最后的车 7 点 30 分开出。

她在铁路局给部长打电话,说 7 点 30 分之前打不通电话就去广州,明天上午 8 时派车在火车站接她和摄像组。部长有点于心不忍,也许看她太疲倦就说确实不行只有放弃了。她倒是一股倔劲上来了,怎么能放弃?所有的香港媒体都留下纪录,深圳怎么能空白?

她出了车站,一直走,两条腿累啊。罗湖建设指挥部就在不远的建设路,她多次采访指挥部,知道这有电话。1981 年没有手机,她每一次采访都会留意被访单位是否安装了电话,以备万一。这正好用上了,坐下就挂 114,广州加急,她报了 3 个号码,首选是珠影,次选让亲友转告珠影,任何一个号码都行,只要有百分之一的可能都要努力。

她坐下了,守了电话机,笃定地加了件寒衣还剥了个橙子,电话却迟迟没有来。7 点 30 分最后一班车,她又拨 114,还是等候,让人心急如焚。保持安静,真的有点困难。好吧,默默地计算上火车的最后时间,等待最后的一刻。

电话铃声响了,且是首选的珠影电话,那高兴仅有几十秒又凉了。珠影说摄影师不在,边防证也过期了。

她在这头说，来，一定要想办法，也一定有办法。

她这头握着电话筒反反复复地说，中华人民共和国成立以来的第一次，这些镜头错过了就没有了，不能不拍……

对方似乎被说服了，但还要请示领导，说晚上9点半答复。

80年代初，深港穗文化艺术界在深圳联欢（张黎明 摄）

打完这个电话，她的腿都抬不起来了，抬不起来也要走。

她拖了两条腿，从建设路罗湖指挥部直接赶到特委（新园招待所四栋）。

她一进屋，满屋子的人，新华社、《羊城晚报》、《南方日报》、《文汇报》、《大公报》的记者，以及境外的多家媒体的熟脸孔都到了，都在看材料，正是时候。

也许是那个酸不溜秋的橙子作怪，胃有点隐隐的痛，不是什么大问题，吃东西就好了。

《今日深圳》摄制组拍摄深圳梧桐山（张黎明 摄）

"各位有吃的吗？"她很不客气地问。

桌面上有两块不知道放了多久的维他面包，也许是他们吃剩的。她顾不上斯文了，塞进嘴里一阵咀嚼，治好了胃痛。

一切回归正常，开始看行程安排，拟采访计划。

9点半准时通话，明天摄制组到，悬着的心才落了地。

麦理浩访问深圳的历史镜头就这么留下了。过了两天，新的一年1982年来了……

# 石子路

那年代，石米或小石头铺垫成的石子路很多。

蛇口初创时，她记得也有这样的石子路，一条完全由石头子铺设而成的小路，小路没有半点儿花草装饰，路边就是泥土。路从摄制组的驻地一

1980年，广东省作家谭日超(后任深圳作协首任主席)在深圳采风，行走在渔民村的石头疙瘩路上（张黎明 摄）

直通向海边，驻地在蛇口一个疑似招待所的地方，属简易房，也就是里面装修类似宾馆，有几张床和电视空调等等，但外面没有挂任何牌子，也看不到总台服务员，但似乎有人来打扫卫生。

门前那条石子路，属于无名路。2016年的今天，它在哪里？成了其他路或其他楼的基础，不得而知，只是她记住了这条路。

蛇口是《今日深圳》摄制组拍得最多的地方，摄像李相斌、蒋凯红来的时间和次数最多，后来他们都成了深圳电视台的创台员工。

她和摄制组曾经在蛇口一蹲就是十天八天。

当时蛇口就那么一点点地方，到处搞"五通一平"，不是路就是泥，

80 年代初，广东省诗人卢荻走访深圳，被深圳特区报试刊上的深圳新闻深深吸引（张黎明 摄）

不是海滩就是沙子，连蛇口的海水大多时候都是一片浊黄。比较像样的有一两栋两层的小楼房，应该是蛇口招商局指挥部的办公地点。

1979 年 1 月 13 日，李先念副总理批准了广东省革委会和交通部送审的联合报告，选择在当时的蛇口公社兴建工业区。

从这天起就决定了蛇口的命运。

1979 年 2 月 11 日，交通部的总工程师带领一个 34 人的工作组，开始在蛇口实地勘察，拟定了工业区的总体规划和"五通一平"（通水、通电、通航、通车、通讯、平整土地）的工程方案，并研究了第一期工程的各个项目。2 月 28 日，招商局和广东省公路勘察规划设计院、交通部第四

《今日深圳》摄制组在深圳拍摄现场（张黎明 摄）

第三章 石子路时代

1979 年的
蛇口渔人码头
（陈丽萍 供图）

航务工程局签订蛇口工业区"五通一平"设计委托书。

蛇口进入基础建设的轨道。

两年后，工业区初见规模，8平方公里的土地上，陆续建成几百家三资企业（中外合资经营企业、中外合作经营企业、外商独资经营企业）。蛇口工业区的开发被誉为"蛇口方式"，成为中国率先开放的一个窗口。

《今日深圳》摄制组，蹲点在这里，盯紧任何一个开发地点，基本上白天拍摄，除了吃饭睡觉就在屋子里看电视，实在很闷。没有任何娱乐的场所，最好的娱乐和休息就是漫步蛇口的小石子路，看近处的海远处的山。

印象中的蛇口石子路，从简易房通往海滩。她和摄制组常常走石子路，那时候闻风而来蛇口的洋人太多了，三五步就碰上一个。

80年代初，广东省著名作家陈残云（左二）、韦丘（左三）参加深圳文艺界的活动
（张黎明 摄）

李相斌是广东人，性格开朗喜欢说话，嘴巴总是咧着，随时发出爽爽的笑声。走着走着，半路上遇到一些同样散步的洋人，别人笑嘻嘻的"hello"，一句英文也不懂的他傻眼了，急中生智冲人挥手，还仿"hello"那样的洋腔调，拖长并提高八度的声调，发出中文普通话"你——好！"

别说，洋人还听明白了。

摄制组都被娱乐了，全都笑得喘不过气来，笑过之后都很佩服他的勇气。

2005 年本书作者张黎明采访袁庚，留下了这张珍贵的图片。袁庚就出生在深圳市大鹏区，后主持开发蛇口，成为中国改革开放的风云人物（张黎明 摄）

　　他还有满肚子的笑话，不过那些笑话不像现在的饭局"荤"话，一点性意识也没有，倒是一肚子心酸，这些"穷"笑话很能体现那时的生活现状。

　　李相斌说自己的妻子在农村，辛辛苦苦，日夜操劳。他总觉得自己对不起妻子，要给妻子买点什么礼物，可自己的工资就那么几十元。这天他看到有卖"朱义盛"（假首饰）的，挺便宜的金链，看上去和真的一样，他一乐就买了送给妻子，还说是真的，多少多少钱。妻子可高兴了，立即把金链挂在脖子上，那模样一定像把丈夫挂在脖子上一样，自豪和心满意足：看我的男人对我多好。

后来怎么样了？李相斌大嘴一咧，嘿嘿地笑，没有几天，金链黑了……

小石头路上一片哈哈大笑，李相斌牺牲了他的妻子，摄制组一天的劳累也平衡掉了。

这无娱乐中的娱乐，就是当年苦和穷的现状。苦中的乐，因为少且珍贵，一点点乐也记得清清楚楚，记到2016。

这当儿，她自然想起许局长那句话：老百姓的生活不搞好，死了埋了也要被人挖出来……

许局长有很多战友，其中就有蛇口的袁庚。

深圳大鹏人袁庚，成为中国改革开放的风云人物。全国上下都知道有个蛇口，有个喊出"时间就是金钱，效率就是生命"口号的袁庚。

蛇口，那无名的石子路，是从袁庚开始的。

蛇口无疑是中国改革开放的一面旗，只是扛旗的人为什么偏偏是袁庚？

历史常常有很多奇怪的巧合。

1975年曾生被任命为交通部副部长，之前的"文革"，他和袁庚都相继被关押在秦城监狱，这巧合的背后有些什么必然的联系？

1978年9月，交通部副部长曾生兼任香港招商局董事长，袁庚此时担任交通部外事局局长。这是巧合？没有考证。

1978年9月曾生兼任招商局董事长，即提议袁庚担任招商局常务副董事长，主持招商局的日常工作。曾生如此相信袁庚，很难归结为巧合。

曾生为什么如此相信袁庚？

抗战时期，曾生任东江纵队的司令员，袁庚担任过东江纵队联络处处长。接着两广纵队成立，曾生任司令员，袁庚则担任司令部作战科科长、炮兵团团长。

他们之间是上下属也是战友，这并非巧合。

从 1979 年开始，采访袁庚的人太多了，《今日深圳》摄制组当时没有单独采访他。

直到 2005 年，她撰写《记忆的刻度——东纵的抗战岁月》之时，采访了已经全退的袁庚。他老了，头发灰白，背成弓形。他站起向她走来，迈步的一瞬，摇晃了，就这一瞬，他双手伸开，走平衡木一样，自己慢慢挺立和站稳。依旧是硬汉，拒绝搀扶和拐杖。

袁庚的记忆力也在衰退，前头说了不到 10 分钟又忘了。只是幽默还在，记得自己 1917 年出生，揶揄自己虚岁 90，其实 89，冒充 90。

令人惊奇的是，他记得抗战时期沿着深圳东部海湾演出抗日剧的海岸话剧团，还自言自语说活着的人很少了。

这个话剧团的人都是袁庚后来的战友，共同经历过抗战岁月的人。

袁庚不但记住还一下把战友的家乡，性格一一说出。黄闻人很好，文化很高，比自己年长 1 岁。刘黑仔原是大鹏小学的学生，性格很活泼，什么都不怕。黄业人很正派，中学程度。蓝造是坝岗客家人，不是大鹏人。

1938 年 10 月 12 日，日本人在广东大亚湾登陆。

袁庚连细节都记住了：日本仔主要在澳头登陆，有一部分在坝岗登陆。我在自卫队，可从来没有"烧"过枪，心里也怕。坝岗的抗日自卫队和日本人打了一仗，打得很激烈，我去打扫战场。那时候的杀伤力不大，一场战斗死了几十人都很厉害。

国家亡谁都不想，我只是中学毕业，在黄埔军校不到一年就回家了。只有一条路给自己走，抗日救亡的路，稍微有一点知识的人都会这样做。眼看着日本人登陆，年轻人除了奋不顾身还有别的路？日本人已经到了大鹏半岛，大鹏人的生命，不是讲钱，是讲能否生存，为了抗日救亡，比任何东西都重要，这时候有人登高一呼，万人响应。

这个登高一呼的人是谁？

曾生，坪山的曾生。

"文革"期间，曾生和袁庚都被关在秦城监狱，罪名与东江纵队相关。

那么，改革开放呢？

袁庚的背后依旧是当年的故事。

怕只有那些东纵们，才会常常提及抗日战争时期的袁庚——他们的战友。袁庚是否也有那一个不搞好老百姓的生活，死了也要被挖出来的想法？

她没问袁庚，有些问题不需要问。

闲聊，说起袁庚一位东纵战友，曾经担任印度尼西亚领事馆的一秘游杨。2005 游杨年已经 90 多岁，几年前返回惠阳家乡办了一个家庭农场。

这一说，袁庚突然变得像孩子一样激动，他曾任驻印度尼西亚领事馆领事。他记得，他认识，他托她和游杨联系，且一定，然后去游杨的农场。

她点头。

料想不到的是，老人突然伸出了指头，孩子一样执拗，他要拉钩，确定能为他做这一件事。

她伸出指头，好。

这就是袁庚，这个曾经在蛇口登高一呼的人。心里那条小小的石子路，绵延不绝，直至他从没离弃的初衷。

# 红岭南

红岭南就是今天的红岭南路，当年这里还不成正式的路，只是一片工地，搭建了许多简易房子，称之红岭南更恰当。

1982 年春天，深圳市基础工程工作组成立了。

何谓基础工程？深圳要开发，要成为现代化城市，首要的就是基础工程，包括平整土地、路面建设，雨水沟、污水沟、通信电缆、电力电缆、供水管道、路灯照明设施、石油液化气管道，简称"七通一平"工程。

1979 年刚到深圳，那路对人的打击太大了，连最具规模的和平路、建设路也是坑坑洼洼，一下雨就成了无数的小水塘，人必须兔子一样"跳跃前进"。坐在车上，就像坐在海上颠簸的小船上。至于排污的设施更简单，有的干脆自由排，直接排到路边的田地里。

她决定采访深圳的路，深圳市的基础工程。一个小城，像中国所有的小城一样，横竖几条十字街，路面宽不到 10 米，全城街道总和不到 10 公里长。

深圳的路史也并非没有发展，从开墟的几条小道，到 20 世纪 30 年代镇里东西走向的谷行街。50 年代，走板车的谷行街扩充为走汽车的解放路，小城镇没有停止过脚步，渐进而已。

经济特区成立，这路将如何发展？现代化国家建设一个新城，基础工程必然放在首位。

她的采访从这个基础工程工作组开始。在过去的习惯中，都是"科""处""局""厅"，习惯上工作组的这个"组"字，是最底层的单位，然而她采访的这一个工作组肩负着深圳市区建设的基础工程，这让她疑惑。

1982 年春天，刚成立的工作组设立了指挥部，这是一间小草棚子，就在这里她第一次访问汤耀治。这个个子不高，眼眶深凹，精瘦得青筋毕露的人，说话猴急。

汤耀治被委任为基础工程工作组的组长，责任当然不轻了。

工作组有什么计划？

汤耀治的话洪水似的冲开闸门，狂泻了一串数字。

1982 年的首要任务，是完成深圳市区 29 条主干道工程（"七通一平"工程），同时还有配套的独立项目、污水处理厂、污水泵房、变电站、石油液化气站。

29 条主干道全长 54 公里，道路面积 193 万平方米，相当于原有面积的 20 倍之多，比 1949 年广州城市马路面积还要大。

工程原材料预算，需要沥青约 14000 吨，水泥 54000 吨，片石 70 万立方，钢材 4100 吨，木材 4600 立方米，填土 200 万立方米，挖土 300 万立方米。

更困难的是，要拆民房 8 万平方米，有 500 户之多。

施工队伍上万人。

她问过一个内行人，这样的工程要多长时间才能完成。

"四五年吧！"

"一年！我们要用一年！"汤耀治的眼睛急急眨动。

她质疑，真可以吗？

这不是汤耀治拍胸膛说"一年完成"就可以一年完成的。

行！过去，这种工程是各打各的，路面铺好了，才装管道，部门之间关系多，重重叠叠。路面铺好了又挖，挖完了又铺，不知浪费了多少人力。

工作组的作用是什么？就是把各个部门的工作统一起来。

她追问工作组有多少人？

汤耀治突然笑了："13人。"

13人？不错。1982年春天，工作组成立的时候，人员少得不能再少了，包括汤耀治在内，一共13人，其中6人为现场管理工程师。他们的气魄之大是深圳历史上没有的，29条主干道全面施工，征地、拆迁、安置材料、组织施工队伍、调度施工队伍和监督施工进度、质量。工作组真是名副其实的"指挥部"。

平均每位工程师要管30多万平方米的路面。这13人就是13人，一个就是一个，一个或者就要成为过去的13个。他们定了几条规矩：指挥部设在现场，研究问题在现场，解决问题在现场，调动人力在现场。回看当年深圳，很多建设第一线的单位都采用这种战争年代惯用的名称，借用军队的名称，或许他们意识到，只有军队才能完成如此艰巨的重任。不禁想起建材局许志坚局长那句话：不搞好，埋在地下也要被挖出来！

这些核心高层其实怕都有这样的情结，他们找到了一个"搞好"的方向，拼出了这样的"指挥部"。

不过，当时她一个字的报道都没有写，为什么？

她讨厌空话，用事实说话，或者坦率地说，她在怀疑。

一年后，也就是1983年，29条道路分别通车了。

1979年她几乎天天走的和平路和建设路，那又窄又泥泞又疙疙瘩瘩，那连单车都得停下来慢慢推的路，还有和平路7号建材局那栋两层楼的办公室兼宿舍，一切都过去了。

不再泥泞，不再是两车道，而和平路7号也平掉了，成了路的一部分，变成了两条崭新的沥青柏油路，33米宽和27米宽的建设路、和平路。

每当下了火车被深圳的这双手臂拥抱，鲜有人停下来看两眼他们脚下的路，不就是平平常常的路？路边种着绿葱葱的树木？几乎所有的人都不屑这些平常的事情，不留意路，更不探究与路有关的人。新进入这

20 世纪 80 年代初的深南大道（郑丽萍 摄）

座城的人，他们的感官从当下开始，认知与过去没有一丝一毫的关系。

然而，她心里有 1979，还有 1979 之前的百年，以至更多。她盯住这些路不放，她再次采访深圳基础工程工作组。

在红岭南的边上其实什么都没有，仅有几排简易房，所谓简易就是看上去像个方盒子，大概是半预制板半砖搭建的房子，外表多是墨绿色或灰黄色。这列房子的边上有块空地，西边靠路的地方停了五六辆车子，最显眼的是一辆黄绿色的北京吉普和另一辆乳白色的日本吉普，平房的墙边有一块牌子：深圳市基础工程工作组。

她走进屋子，没有遇到任何对她进入产生疑问或兴趣的人。一群农民模样的人占据了会议室，十几位农民有的坐有的蹲在椅子上，个个都摩拳擦掌，一片七嘴八舌中，谁都听不清谁在说什么，会议室比开水更沸腾。

她打量简易平房里那块很显眼的黑板。上面除了数字还是数字，这对于她就像密码，她只有放下弄懂这些数字的想法。

她必须找那个叫汤耀治的人，他是深圳市基础工程工作组的组长。

她问工作组的人，汤耀治呢？

这人的下巴往会客室后面一摆，角落里蹲着的一个人。

那汤耀治正蹲在水泥地上，看着脚边一张摊开的规划图，手里拿着一支蓝笔，比着画着，一墙之隔的吵吵嚷嚷对他似乎没有影响。

她不动声色走近会议室隔壁的会客厅细看汤耀治。他的眼光正在急急眨闪，白衬衣口袋上不慎留下一大滴墨水迹，裤脚边有让烟火烫坏拇指甲大的两个洞洞，这一个粗心急躁的人。

她把这些直观印象抛开，不去想一个粗糙的人能否胜任的问题，只有一个标准，看工作组的事实。

这时候，一位工作组成员沉不住气了，走进会客室俯下身子凑在汤耀治耳边：请愿的农民如果见不到你，可能要上市委，怎么办？

汤耀治摆摆手，没有说话。工作组要征用上步大队的几百亩地，推土机开到地边了。农民们起哄了，他们要工业用地，建房用地，才准许施工。

汤耀治卷起图纸走进会场，笑吟吟一挥手，冲着那一片喧哗，洪亮地喊："嗨！来来，饮茶，饮茶！"

刹时，沸腾的水静止了，十几双眼齐刷刷瞪着汤耀治。服务员举起了茶壶。

趁这一刹那，汤耀治摊开图纸："我们的计划……"

哗啦一下，水又沸腾了！

"不，我们不讲计划，为什么推土机要填土！！不行，要停工。"

"你们打死狗讲价！"

"我们拿锄头的，没有地，吃什么？不给我们自己的工业用地，不招工，你们就不能开工，我们一分地也不给！"

汤耀治几次开口，几次挥手都无法制止这群愤怒的农民。他根本无法把话说完，他眼睛急急地眨动着，脸上挂着无可奈何的笑容。

奇怪的是，慢慢地，他坐下了，平静地听着，默默地呷着茶。让每一位农民说话，显得冷静极了。农民们讲得唇干舌燥，讲得无话可讲终于安静了。

老汤肯定地答复农民，工作组负责建一座中心商场，大队的社员可以去做工。中心商场解决了上步大队的物资供应问题。工作组也建高层住宅区解决农民的住房问题。

主意不错，可是农民又嚷了："要签合同，我们才相信！"

"要办好手续，只有被承认的文件才有保证！"

过去农民常说"牙屎当金使"就是一切全凭嘴巴说，今天的农民已经学会现代化商业那种白纸黑字的签约办法了。

"好，一个星期内，我们办好手续！"汤耀治又拍胸膛了。

一位依旧气势汹汹的农民蹲上了椅子，两手撑着膝盖，脑袋好像鸡啄米那样一点一点。

"一个星期内办不好，我们就捣乱！"

汤耀治摆着手，依旧一脸笑：

"一定，我们一定……"

她不可能细看了，汤耀治在嘈杂中指着桌上的图，指着商场位置，住宅位置等等，那群农民"轰"地围上了，盖住了汤耀治……

她的这一次采访，一连去了3天，一直找和汤耀治详谈的机会，见缝插针总得有缝，这缝不好找。

第二天，她硬堵住他，也只能在回家吃饭的途中，在他的吉普车上谈了10分钟。这10分钟里，他极其简单地告诉她，他是惠阳人，1962年入伍当兵，1969年复员到惠阳航运局工作，以后转了几个单位，都是搞基建工作，1979年调到深圳建委施工科工作，1982年到基础工程工作组工作。

第三天，这是她计划的最后一个下午。无论如何，她必须和汤耀治详谈一次了。

下午2点多，她寸步不离大会议室，等着他们每天的例行碰头会结束。会议刚结束，一个电话把汤耀治召去了，桌面上摊开他的笔记本，她想他是必须回到会议室的，她猜错了，回来的是一位工程师，把他的笔记本取走了。

第一天她曾在会议室看到技术组的那块记事板，黑板上的白字清清楚楚：

1. 五日晚，研究高层停车场。

2. 六日上午，电环路交桩。

3. 六日下午，沿河路有关问题。

4. 七日上午，红岭、新湖、华强路上水移交会。

他们的每分每秒都像用电子计算机校正过的一样，她"针插不进"，于是到处找缝，找到一位平静的中年人陈文哲，当时6名工程师中的一名。

"那过去的一年，你们是怎样走过来的？"

陈文哲只是淡淡一笑，什么话也没有说。

"你的一天是怎样度过的？"她又问。

他想了一会儿，开口说了一句："我一天骑着自行车大概要跑10公里。"

陈工程师的任务是组织设计。整个工程的设计单位有10多个，管水的、管路的、管电的……包罗万象，都必须统一起来。负责统一工作的就是陈工程师。

像深南大道，几十米宽的路面下要埋藏12根各类管道，交叉路口是20多根，纵横交错，蜘蛛网一般，污水管错移了，地下电线可能就接不上了；自来水管标高了，也可能会和雨水管"打架"。

每一段路的管线综合往往要反复七八次才能符合要求。

29条路要反复多少次才能统一呢？

每天，谁也不会注意到，凹凸不平的路上，骑着自行车的陈工程师，一下一下地蹬着脚踏，急急火火往前奔。这自行车像梭子一样，在那些设计院之间穿行。上午，他赶到负责道路的设计院，下午又神色严峻地把图纸摊在规划局的桌面上。前一小时，他从六机部九院取回图纸；后一小时，他把图纸发到施工单位手里。晚上，他依旧在小草棚子里研究设计图纸，突然发现一个差错，又推出自行车，赶到施工单位。

日日夜夜的穿梭来往，两个多月后，道路图纸和供水图纸赶出来，第一批施工队伍动土了。

陈工程师来不及喝一杯水，喘一口气，又蹬上自行车，去督促其他管线图纸的进行。

多少回风里来，雨里去，陈工程师为了这29条路来往了多少里程呢？为了深圳54公里平坦宽阔的主干道，他最少也先走了3000多公里的崎岖小道、泥泞村道……

第三章 石子路时代

1983 年深圳的新路处处可见，已完成总长 162 公里、面积 400 多万平方米的市区公路网。（罗恩·美史葛 供图）

这 3 天，她就这样见缝插针，看到谁有点空就插那个缝。当摩托车上跳下一位虎背熊腰的小伙子，冲到蹲在规划图边的汤耀治身旁，说了句什么，然后急急举起一杯水，一饮而尽的时候，她赶到他身边，她早已经打听到，这是袁峰。

她对他说："我明白你很忙，那么，我们星期天谈谈吧……"

他晃晃头："星期天，我要到 A 工地。"

她诧异了："A 工地，你不是每天必到吗？"

他点点头："所以，星期天，我就要去了。"

她有些不相信："少一天有什么问题？"

他笑了："工程进度快，随时都可能出现问题，我不去，施工队会找上门的。"

因此，她对他的采访分三段时间完成。第一段是去文锦渡海关接车的途中。第二段是他开会前的 10 分钟。第三段是到工地检查前挤出的半小时。

这种"组合式"的采访，她有一种浑身上了弦的钟表感觉，一句多余的话也不能说，生怕浪费了一分钟，身体里那一个发条，每分每秒都精确无误。

他们不能不珍惜每一分钟，这种习惯是高效率带来的。准确点说，是一年前，汤耀治把袁峰、顾平、于胜杰推到第一线时开始形成的。

袁峰、顾平、于胜杰 3 位年轻人都是华南工学院 1980 年的毕业生，平均年龄 27 岁，他们是和平路、建设路改建工程的闯将。

建设路边搭起了一座小草棚，这就是"两路"指挥部。小草棚子里连张椅子都没有，小草棚子容不下闲人。3 位大学生在小草棚里看到了许多，看到了校园外的天地，看到了时间对于深圳的意义。

小草棚的生命里有一句时间格言：一切问题在现场解决，问题不能过夜。

和平路的两户拆迁户实在难于找到房子搬迁，工程眼看就无法进行了。现场会上，汤耀治咬咬牙决定了，工作组总指挥部好不容易搬进的砖瓦房，让出，重新搬回茅草棚。

工程突飞猛进，眼看要挖到交叉口了。如果一挖通，势必影响交通。怎么办？现场会决定，晚上集中力量填土，白天的交通又畅通无阻了。

挖土机挖断了通信电缆，情况紧急，现场会决定一面抢修，一面改用人力挖沟，保证其他 800 门电话畅通。

两个多月后，小草棚的生活结束了，那些断言 10 个月才能完成此项工程的人们，不说话了。

两条崭新的马路，33 米宽和 27 米宽的绿葱葱的和平路、建设路，可以有很多的角度诠释它的意义。

这几位刚从院校毕业的大学生，在实践中获得一生受用的经验，认识深圳，并且爱，爱上每一寸流过血汗的土地，懂得了真诚和执着的价值，以及珍惜每一分钟。

袁峰、顾平、于胜杰和工作组的人们一样，爱上了深圳，而这种爱留有那个集体主义时代的特色。

这些血气方刚的小伙子都有新婚的妻子，他们是人，不是石头。袁峰和于胜杰都是 1982 年春节结婚的。

大年初三工作组成立，在外地休假的袁峰、于胜杰都接到了电报，他们俩在同一天赶回深圳，身边都带着新婚的妻子，说是来深圳度蜜月。他们上午回来，下午就到了工地。妻子们的蜜月也开始了。两个多月里的每一天，妻子们看着早出晚归，甚至通宵不归的丈夫都纳闷了。

这算什么蜜月？他们在干什么呢？

疲倦的丈夫淡淡一笑，或者就那么一句，修路嘛！再问下一句，眯眯眼想给妻子一个笑脸，却累过去了，眼皮耷拉，孩子一样睡了。

有一天傍晚，小伙子回到家，宿舍里停了水做不成饭，他们才突然想起要把妻子带到深圳大街。于是，3 位年轻人一起用摩托车把妻子载到和平路、建设路转了一圈，对妻子说：

"我们修的就是这两条路，以后，别盯着我们问了！"

"这样辛苦为了什么？"

"为了什么？你一下火车不想看到一条好马路？"

妻子们哑然了。他们把妻子请到建设路边的酒家吃了一顿晚饭，20 分钟后，他们把妻子送回家，又干了一个通宵。他们爱妻子吗？当然爱。可是，在他们的那些路面前，这份爱并非让步这么简单。他们向妻子保证，将来路修好以后，好好补一个真正的蜜月。

还有从青藏高原回来的伍师元工程师。老伍是十三"元老"里的一员。他皮肤微黑，身子精瘦，眼睛不大，眼光中隐藏着忧虑，人到中年了。

老伍离开广东 30 年了，1981 年回到深圳，可是又马上想青藏高原了。那时的深圳像个突然撑胀的气球，紧张得很，特别是房子，青藏高原总有一个安定的家，可深圳，他只能寄居在海关亲戚家里。他在海关住，要到上步路上班。那时深圳上步路的公共汽车交通还不能正常运行，他只能一天几次来回跑几公里路程。

他的孩子从青藏高原转来深圳。深圳小学太少了，学位难求，为了孩子能入学，他跑了一趟又一趟。苦恼，接着的还是苦恼。最苦恼的还是来到工作组后，他负责东门北路的改建工程。东门北路全长 4.5 公里，拆迁户 100 多户。

伍工程师"啃"上骨头了。

有的拆迁户堵住门口，指着工作组骂："你们比日本仔还坏，日本仔没拆我的房，你们拆我的房！"

有的拆迁户只有一位 80 多岁的老太婆，她什么话也不说，把扫帚放在门边。

祖屋，老百姓住了几十年的，祖祖辈辈的，谁敢扯断和祖先的关系。

20 世纪 80 年代初位于深圳建设路边的友谊餐厅。员工宿舍和餐厅均为铁框木板结构简易房。停电时，袁峰等曾经领新婚妻子在此晚餐（陈丽萍 供图）

明白吗？太明白了。

伍师元几乎天天挨骂。每天，他脚踏东门北路工地，甜酸苦辣一起涌上心头，辛辛苦苦，起早摸黑，难道就是为了挨骂？他真后悔回到了深圳。

听说东门北路最后的一家仍旧没搬，整个工程眼看就要受阻了。一筹莫展的他，急得连声叹气。

援兵来了。工作组的老邝领着大伙赶到现场。老邝被人抓着胸膛，差点吃了一拳，老邝照样直挺挺地站着："你打我几拳可以，但是，你还是要搬……这路不是我们自己的，谁不想出家门就有条好路？什么困难都可以商量。"

这话说得实在，搬迁户在他们面前，放下了拳头……伍师元把一切看在眼里，热心了，他也直挺挺地站了起来。

伍师元忙得连叹气的时间也来不及，用他自己的话说，"忙得连和妻子吵架的时间也没有了，光挨骂。"

东门北路通车了，他来来回回走了一趟又一趟，那种越看越爱看的澎湃，值！人到中年了不易动情，他动了，眼睛竟然被自己的泪花弄模糊了，还不怕被人瞅见，让泪痛快地在脸上纵横交错……

伍师元，这个男子汉说：我舍不得离开东门北路……

她问过他们一个同样的问题：过去和现在有什么不一样呢？

她几乎听到了同样的回答："过去的理想是遥远的，今天的理想是可见的。"

"过去，我不知道我干了什么，今天我能看得见，摸得着……"一个人的存在得到社会的承认，有了价值，他会变得自爱，聪明和能干，这种个人的肯定又与工作组这个集体的氛围息息相关，他们知道，汤耀治更知道。

工作组的成绩就是 29 条平坦大道，它向人们显示工作组存在一年的价值。

他们再次从小草棚搬到了简易平房，人员增加到 70 多人，基础工作组的名字也响亮了。

1983 年，深圳市人民政府指定工作组除了负责全市的基础工程项目外，还指定他们承接十项重点项目：科学馆、体育馆、艺术中心、电视台、博物馆等等。道路工程除了要完成 29 条路的扫尾工程外，又增加了 7 条道路建设。为解决搬迁户问题，准备建造几个供搬迁户住的大型住宅区。

汤耀治能挑起重担吗？

她眼里不知为什么，总离不开他口袋上的墨水迹、裤腿边的洞洞。这些工程全是要求具备现代化水平的，能允许半点粗心和急躁吗？

工作组的成果只能说明组长能力的某部分，工作组的每个个体都付出了自己的心血，那么组长呢？

她看到汤耀治的司机把那辆黄绿色的吉普车洗得干干净净。吉普车后面有一辆漂亮的白色日本吉普。她心中一动，北京吉普跑泥路很好，可散热差没有空调，为什么不要一部有冷气的呢？

"老汤说，这辆车跑工地不怕损坏。"

"你一天是怎样过的？"

"早上7点35分准时接老汤上班，上午大约12点多才能送他回家。下午1点30分又必须接他上班了，6点多才能送他回去，晚上7点10分又要去接他了……天天如此，如果有一天晚上说不用到工作组了，他还得要去看看，习惯了。"

"你太累了。"

"算什么，把老汤送到工地，我还能打个盹，他每天最少干12小时以上。"

黄贵保的北京吉普半年跑了21000多公里，平均每天跑将近120多公里。

她突然想起一个问题，足以证明汤耀治是个急躁的人。听说他领着组里的几位技术人员1983年4月初到了香港，计划10天日程，可是只过了7天，他就领着他们赶回来了。

黄贵保摇摇头，他不知道详情，他突然指指一辆启动着的摩托车：

"你问袁峰吧，他知道。"

她又喊住袁峰，单刀直入："给我5分钟，只有一个问题。"

袁峰瞥瞥表："好吧。"

"为什么要去香港？"

"考察香港政府的污水处理厂、高层停车场、电梯装置……"

"每天怎样过的?"

"早上 8 时至晚上 8 时,天天看工程,偶尔一天,某项参观改期,我们就逛了一次马路。"

"为什么要提前回来?"

"我们是利用阴雨天去的,天气预报说天要转晴了,我们就争取时间提前完成了考察,赶回来了。"

5 分钟过去了,袁峰又启动了摩托车。袁峰的任务有 3 项:17 栋 7 层住宅楼、3 栋 24 层的竹边大厦、2 栋 6 层商业住宅楼。

他的工作成了一个公式:早上处理 20 多个施工队头一天施工遗留问题,听汇报,接待投诉者。下午看图纸,研究一些技术上的问题。下午 3 时开始,巡视所有的工地,处理现场问题,了解进度、质量等等。晚上 8 时吃完饭后又回工作组。他们的每分钟都是用电子计算机校正的。

工作组的司机、工程师、技术人员、工作人员慢慢形成了一种自己的工作规律,规律就像轴心,带动着工作组的全盘工作,控制轴心的人就是组长汤耀治了。

她对他的急躁有了另一层认识。

她仍然不满意这一个结论,仍然在吉普车边徘徊……

第三天,太阳下山了,晚霞透过吉普车窗,车是空的。这很好,就在车边等,终于把汤耀治等出来了,他满脸笑容,把 3 位农民打扮的人送到车边。

"谢谢,多谢合作,多谢合作。"汤耀治和他们连连握手。

"老汤,我们上步大队的征地问题解决了,你们放心干吧!"

上步大队?就是她第一天采访时碰上的上步大队农民"请愿"队伍?十几位农民把会议室吵得比开水更沸腾,谁都听不清谁在说什么。

当时汤耀治说一个星期解决问题,一个星期?她当时就觉得不可能,上上下下的关卡要通过多少道呢？这样的答复十分轻率。

过了3天，真的行了？难以置信，她问身边的农民："不是说一个星期吗？"

"解决了！"

"真的？"

"当然！罗副市长也在会议上，他可以作证！"

"哦……"工作组的效率的确令她瞠目结舌。这是她能看见的事实，她不能不相信。汤耀治敢于负责的工作能力，她也不得不钦佩。可是，她又不明白，这样神速的工作效率是怎样取得的。汤耀治又不是神仙，他能越过那许许多多部门关卡吗？

"为什么会这么快呢？"她不禁自语。

黄贵保司机突然笑着轻声说：

"就一个婆婆嘛！"

"谁！"

"那老头，每星期来工作组上班起码有3天！"

他嘻嘻笑着，脑袋往那辆白色的吉普车昂了昂。那是罗昌仁副市长的吉普车。的确，她采访的3天里，每天都看见这辆白色的吉普。

这印象深刻的采访，那辆晚霞中亮闪闪的白色吉普，还有沾在车轮子上的褐色泥巴，以及那两道轮子的痕迹，这就是说明。

从1983年到2016年，她再也没有见过这些采访对象，早些年在十字街走一圈，碰面的熟人起码有四五个。现在城市大了，人比以前多了不知道多少倍，走一天也不见一张熟悉的脸孔。

这后来几十年，有不少事情是她无法想象也无法预料的，这些开路者怎么样了？真的很想知道。

# 谷行街

深圳的 29 条路完成了，那是深圳的大事情。她和大多数人一样，没有想过路的过去和将来，更不会想想 100 年以后，这 29 条都会成为深圳的记忆，也就是将来的 29 条老街……她像往常一样，天天必经的还是解放路和人民路。

不久后，她叔叔从"阿鲁巴"回深圳了。阿鲁巴是荷兰的殖民地，西印度群岛中的一个，一个绝大多数人都没有听过的地方。

阿运大名胜玉，1930 年出生在深圳一个叫"汤坑"的小乡村。村子里有两姓人，大姓为罗，小姓为张，其父也就是她的爷爷裁缝张阿盘。客家人从来就不怕吃苦，"过番"的人特别多，阿运有一个早年漂洋过海的邱荫生舅舅。日本人投降后，邱舅舅捎信给姐姐邱炳娣，说日子艰难不如让外甥也"过番"，多一条挣钱帮补家庭的活路。

谁去？ 10 多岁的阿运，模样很俊俏，还上过学。于是，1947 年，17 岁的阿运"过番"了，先在舅舅的店里头当学徒和书记，然后自己成家立业，开了两家商店，一家取名"北京"一家取名"桂林"，名字取自华人都知道的两个地方。叔叔想让大伙都知道他心里有"北京"和"桂林"，那是他的故乡——中国。其实那时候他根本不知道北京和桂林的真模样，他就自己想象美丽的山山水水，还告诉客人那是他最喜欢的中国地方。

他已经在大西洋这个叫阿鲁巴的荷兰殖民小岛上生活了 30 多年，从来没有回过中国。

17岁的张运，
张运的同胞兄，这个
医生的属于荷兰的西
印度群岛，阿运没有
入籍，怀里揣着出
国时的民国护照，
直到90年代初他回
深圳才说他希望入
中华人民共和国。

50 年代，张运在阿鲁巴娶玛已丽为妻（张运 供图）

　　深圳的 29 条路建好不久，他千里迢迢回深圳了，这是巧合，他并不知道有这样的新路。

　　他的记忆还在 30 多年前。

　　那天，她父亲领着家族 10 多人等候在罗湖桥。他们兄弟最近的见面还是抗日战争胜利后父亲北撤山东的时候，祖母领着阿运从坪山爬山越岭去沙鱼涌送行，算起来也 30 多年了。

　　几十年后的相逢，老兄弟俩的互相期盼有多么热烈？没听他们说过，只是一点也不像电影上号啕大哭什么的，中国式的久别重逢很平静，这个家族成员的感情含蓄收敛，她的父亲仅仅按照时兴的礼貌伸出手。阿

阿鲁巴的唐人后代，张运和玛已丽的儿女，度
刚、明亮和小女儿米那（张运 供图）

运捉了老哥的手，摇了摇，看上去有点儿生疏和不好意思。倒是那外国
生养的堂弟弟一个大拥抱把她的父亲搂紧了，然后逐个拥抱和亲亲脸蛋。

她的父亲逐个介绍家族成员，叔叔只是微笑。

那个晚上老哥俩说了一宿客家话，所有人都困了睡去了，剩了他们
哥俩追忆似水流年……

接着，父亲和叔叔回到了那个小小的乡村。

父老乡亲们都站在祖屋门前，静静地等待。

"运仔转来了……"当年的童年伙伴都成了大叔大嫂，堂兄堂弟都
乡音不改喊着他的小名，是那个运仔吗？变多了！怎么能不变？真是老

1948 年漂洋过海谋生的深圳人阿运。离家那年 17 岁，几近 40 年后才返回家乡（张运 供图）

少离家老大回，乡音未改鬓毛衰啊！他从这头走到那头，从大厅的木头小梯爬到棚顶，从自己读书的房子走到打水的那口井。屋子前面，屋子后面，一切还在，还是那龙眼树，还是那晒谷场，甚至连那门上日本人留下的子弹洞还在！于是他抚摸着这个洞洞，诉说着那年，不到

10岁的他，跟着母亲"走"日本仔，爬上了后面的山，那份惊心动魄和两个子弹痕迹，交叉在一起唤醒"叔叔"的记忆，这些细碎的记忆，令阿运饱满了……

他在深圳住了起码有一周，这一周，导游任务归了她，逛街。

也就是解放路和人民路，更多的是解放路的每一间店铺。

他走得很仔细，说了无数遍：变了，找不到了。

他问："谷行街呢？"

谷行街？有谷行街？

有，深圳墟最大最长的街，就是卖米的街，一到墟日摆满了米谷箩筐……

她领着他走遍解放路，东走到西，他还钻进解放路边上的小巷子，左看看右看看，都不是他要找的谷行街。

她也不知道谷行街。

叔叔有点遗憾，没有找到他的谷行街，那深圳最大最长的街……

他让帮忙找，她只是随口应答，并没有放在心上。

父亲问叔叔还想到哪里？叔叔说北京和桂林。

接着领叔叔上北京，叔叔站在天安门前，久久地看那高大雄伟的城楼，毛主席就是在这里说"中国人民从此站起来了"。他佩服这个说"中国人民从此站起来了"的伟人，还看城楼上的毛主席画像。他一连在这里拍了好几张照片，这就是北京。

姑姑和表妹陪他去了桂林，一山一水，处处如画，这时候才知道自己的"桂林"真的很美。

叔叔知道什么叫穷日子。

他说"我出洋前的一年，哭着要求母亲给我读高小六年级，向妈妈保证什么都不花用，午餐也在校不回家吃，这样才得以读书。我从上午8点到下午6点这段时间里空着肚子，'不吃人间烟火'，挨了一年多。

我到达外洋时，即时写信给妈，叫官凤妹不要给人放牛而去读书，天送弟也要继续求学。那年春节即付钱接济家里，以后每年都节衣缩食，付四五次钱回家……"

叔叔渴望知道中国的点滴，每一封家书，每一点中国的新闻，他都看了又看，听了又听。说真的，有两件很轰动的中国新闻：一是"文革"。那年，阿运也千方百计得到了一本毛主席语录，每天辛苦后还细细研读这本小小的红书，所以连叔叔那些"半唐番"孩子也知道有一个毛泽东；二是改革开放。全世界都知道中国开放了，中国要脱掉穷帽子，要搞改革开放。要知道，叔叔高兴，3年自然灾害，他唯一可做的是一次次给自己的母亲寄钱。现在亲人来信说日子好多了，用上了电视机、电冰箱。他想亲眼看看故乡的变化，他第一次回深圳探亲，还了几十年的心愿。

叔叔从来没有忘记自己是"唐人"，他说"刚到外邦就寄钱去上海书局购买大批书籍，除了初中高中以及大学的教科书外，还有大量的中国书籍，四书五经、诸子百书、中国通史、中国哲学等等，真是应有尽有，这些书一直陪伴他"。

说真的，谁能理解他？这几十年来，娶了个洋妻，生下几个"半唐番"的孩子，他们当属荷兰籍。可阿运怀里一直装着本自己从中国带出去的"中华民国"护照，感情上实在不想入那个殖民小岛的国籍，根在深圳，在那华侨们无法忘记的唐山（中国）啊！直到阿运准备回国探亲，他发现"中华民国"的护照不可能回深圳的，只能办护照，怎么办？于是才入了籍，成了名副其实的他乡人。

叔叔返回那个很小的小岛，他不能不走，他的"番"家他的妻子他的孩子都在那里啊！他回到家，迫不及待地拿出照片，告诉妻子和孩子，这就是"北京"和"桂林"，当然还有他出生的地方，那个深圳的小乡村。他的洋妻子玛已丽也喜欢中国，他说什么时候和妻子再回家乡看看……

这一天没有等到，妻子就因病去世，遗憾，真的很遗憾。"我们说

张运80年代初返深圳坪山祖家。老屋、老人和老故事（张运 供图）

过一起回来的……"说起这事情，阿运心里就难过。

　　人在他乡啊！思念故乡的时候就翻阅那些来自深圳的旧书信，旧照片，那天翻到了兄弟们返乡扫墓的照片，百感交集，他写道："幼小离乡为异客，每逢年节倍伤神。遥知兄弟扫祖坟，遍烧爆竹少一人。"

　　这些年高兴的日子，最甚的莫过于香港回归那年。他在家书上说"七月一日'星期一'全球华人都收看电视转播中国接收香港的情况。当英国旗下降，而五星旗高高飘扬之际，万众欢腾。其他埠华侨举行庆祝大

第三章
石子路时代

从 1979 年开始，深圳的解放路来过一拨珙洋摄影队，加拿大 DFS 摄制组也赶来了，惊讶了、没意料中的围观，百姓习惯了，1983 年也来了……（张黎明 摄）

礼，雀跃异常……"他所在的小岛，中国人屈指可数，没有聚会，他就自己吟诗作对，左一句"炎黄胄裔尽欢腾"，右一句"同心协力四海民"，自吟自写，吟罢写罢，再把所有的欢乐写就一封家书寄回深圳。

叔叔要告诉自己的兄弟和所有在中国的亲人，远在他乡的阿运也在庆祝香港回归。

有一年母亲节前夕，叔叔在遥远的他乡来了一个电话，深圳晚上 10 点多，阿鲁巴正好是中午 12 点，相隔千山万水。

电话里没有特别重要的事情，他逐个问候还健在的亲人，他说没有别的，只是想说说话……

他要找的谷行街，2016 年终于访查到了，谷行街可以说没有了，也可以说还在。20 世纪 50 年代，镇政府把这谷行街扩充了几倍成了今日老街的主街道解放路。

还有很多没有了，谷行街中段南边叉出的小巷鸭仔街垫起了太阳广场。

她已经不可能告诉叔叔了，他走了，父亲也走了，就像谷行街。

# 相关文献

## 深圳之始

香港原是宝安县的一部分，清道光二十二年（1842年）、咸丰十年（1860年）、光绪二十四年（1898年）先后割让、租借香港岛、九龙司、新界给英国。**民国三年（1914年），新安因与河南省新安县同名，复称宝安县。1979年3月，宝安县改为深圳市。**

# 深圳

宝安县地,夏、商、周三代为百越地,秦代属南海郡番禺县地。东晋咸和六年(331年),析南海郡、置东官郡,领6个县,首宝安,是为宝安建县之始。唐至德二年(757年),宝安县改称东莞县。北宋开宝五年(972年),东莞并入增城县,次年复置东莞县。明万历元年(1573年),析东莞县,置新安县。清康熙五年(1666年),新安因迁界,属地、人丁大减,并入东莞县,八年(1669年)复界,重置新安县。香港原是宝安县的一部分,清道光二十二年(1842年)、咸丰十年(1860年)、光绪二十四年(1898年)先后割让、租借香港岛、九龙司、新界给英国。民国三年(1914年),新安因与河南省新安县同名,复称宝安县。1979年3月,宝安县改为深圳市。1980年8月,深圳市建立经济特区。1981年10月,恢复宝安县建制,辖深圳经济特区外的原宝安地区,属深圳市领导。1992年12月底,撤销宝安县,建立宝安、龙岗两个深圳市辖区。1992年全县有18个镇,191个行政村(另光明华侨畜牧场地籍、户籍在本县区划内),年末户籍人口89,951户、329,465人(其中非农业人口101,124人),外来人口1,042,655人。

**宝安县地方志编纂委员会《宝安县志》**

# 城市开端

　　秦始皇统一中原后，挥兵南征百越，于始皇三十三年（公元前214年）统一岭南，并设置南海、桂林、象三郡，深圳地区属南海郡番禺县。

　　秦始皇统一岭南后，大规模的移民带来了中原先进的文化和生产技术，促进了岭南地区的开发。秦末，赵佗趁秦亡之际割据岭南建立南越国，深圳属南越国辖地。两汉魏晋时期，深圳地区进一步融入汉民族的主流文化。东晋咸和六年（公元331年）设立东官郡和宝安县，郡、县治所同设于南头，揭开了深圳城市历史的首页。自设郡立县至东官郡裁撤（隋开皇十年，公元590年）的近300年间，深圳成为粤东南地区的政治、经济、文化中心。

**深圳博物馆《古代深圳》**

# 深圳镇

　　深圳圩建于明永乐年间，因在广袤的田野上有一条大而深的水沟（圳），故名。自鸦片战争后，深圳为与英租地港九相毗的边陲小镇。宣统三年（1911 年），广九铁路开通后，为国内与香港中转日趋频繁；但至成立市前，市政建设并无大的长进。民国时期，主要街道有 10 多条，但除谷行街宽约 4 米外，其余均为两三米以下狭窄小街。

　　抗日战争时期，深圳尽遭轰炸和摧残，其中鸭仔街、上大街尽拆无存，南庆街拆去过半。抗站胜利后，陆续得到恢复。1953 年成为县城后，市政工作逐步展开。先后扩建了西和、谷行、东新、中山 4 条街道，并合而为解放路，整治和完善了人民路、环城路等街道，增建了多条通往乡村的马路。建成了深圳中学、五七中学、铁路中小学、三间镇级小学，县人民医院门诊部和住院部、中医院、镇人民医院。还新建了深圳戏院（另改建了人民戏院）、工人文化宫、新华书店、新安酒家、外贸大厦、华侨大厦、深圳水库（多功能）等一批文化生活设施，一批商业楼房和多个居民区（村），扩建了深圳火车站。至 1978 年，城区面积为 3 平方公里。

宝安县地方志编纂委员会《宝安县志》

# 深圳墟

深圳墟是近代深圳的"魂",位于人所共知的东门。深圳墟于明代永乐年间建立,清代康熙年间"迁海复界"后日渐繁盛。深圳墟有四道门,东门在今解放路和东门中路的交叉点,西门即西和门,大致在今新园路与永新路交接处,南门在今深南大道,北门在深圳中学和原财经学校南边的沼泽地。1911年10月广九铁路通车后,深圳墟成为宝安、惠州、东莞、香港边区经济、军事、文化、娱乐中心和交通枢纽。民国初年,墟内商店240家。20世纪二三十年代,在墟外的大滩一带相继建起大赌场,墟内分设多家赌馆,深圳取代澳门,成为华南赌业中心,风头一时无两。民国末年,墟内工商业店铺500多户,客栈、旅社140家,酒楼、茶室50多家,人口近20000人。近代深圳墟,人文风物中西兼备,新旧杂陈,可谓光怪陆离,异彩纷呈。

深圳博物馆《近代深圳》

# 梦想与现实

    1982 年 12 月，前后写了 8 稿,73 位专家参与撰写与评审的深圳第一部《深圳经济特区社会经济发展大纲（1982~2000）》颁布实施。

    深圳创造的奇迹是：1982 年《大纲》制定的许多 10~20 年内要实行目标，1984 年就已经超过。

    《大纲》设计：到 2000 年，深圳建厂 1500 家，占地 7.2 平方公里，职工 20 万人，工业总产值达到 120 亿元。事实是：仅仅 6 年后的 1989 年，工业总产值已达到 116.25 亿元。2006 年，深圳国民经济生产总值 5684.39 亿元，居全国大中城市的第四位。

    《大纲》设计：至 1990 年，深圳装设 15 万门电话，2000 年 30 万门电话。事实是 :1990 年，深圳电话突破 80 万门，到 2006 年底，深圳仅移动电话用户就已达到 1540.2 万户。

    《大纲》设计：到 2000 年，深圳建酒店、宾馆 20~30 家，每年接待游客超过 100 万人次。事实是：2000 年，深圳全年接待过夜游客 1325.05 万人，即使如此庞大的客流，当年深圳的数百家宾馆、酒店、度假村开房率仅达到 62.5%。

    《大纲》设计：20 年内，深圳累计总投资要达到 220 亿元，事实是，仅 2000 年一年，深圳全市社会固定资产投资额就是 616.25 亿元。其中基本建设投资 286.21 亿元。

南兆旭《深圳记忆》

## 老街故事

深圳东门老街改造之前，有条小街叫上大街。上大街是我的家，准确地说是我老婆的家。我老家在乡下，而我在县政府机关工作，单位没有房子，**20世纪60年代末我"嫁"给了老婆，也就"嫁"到上大街**，一住就住了20多年，直至上大街拆迁，我才离开这具有岭南特色、**最具深圳风情的青石板小街。**

# 上大街风情

　　深圳东门老街改造之前，有条小街叫上大街。上大街是我的家，准确地说是我老婆的家。我老家在乡下，而我在县政府机关工作，单位没有房子，20世纪60年代末我"嫁"给了老婆，也就"嫁"到上大街，一住就住了20多年，直至上大街拆迁，我才离开这具有岭南特色、最具深圳风情的青石板小街。

# 上大街不大

上大街本来不是住宅民居，它曾经是深圳历史上最辉煌最多店铺的商业老街。据清康熙二十七年《新安县志》墟市条目中载有"深圳墟"，也就是说深圳墟距今有 300 多年的历史。

上大街在东门老街的"猪仔街""鸭仔街""鱼街"等街巷中，居然敢称"上"且"大"，没有点"斤两"那是不敢称老大的。上大街最"威水"（意为值得炫耀）的日子，是新中国成立前后那段时间，它集中买卖布匹丝绸、印染布料、加工成衣、蚊帐、被褥、枕套之类的布匹专业商街。小街东西走向，衔头到街尾上百号店铺，鳞次栉比，檐飞瓦叠，青砖墙，灰黑瓦，一间接一间，一座连一座，没有间隙，没有巷罅。有的两间铺，中间只一条墙，省去了一边墙的人工和钱财。小街里头的房子，一般比较高，多数有二层或一个阁楼，好用作住家或货物仓库。

上大街不要以为它很大，其实最宽处也就五六米，最窄的不足 3 米，刚够旧时县衙的"大轿"通过，也足够商贾挑担货物进出。店铺门面，3至 5 米不等。开铺时，把一块块高 2 米、宽 1 米的门板卸下来，拢迭靠墙一角，用麻绳子圈一圈。门板用了几十年，油漆早就老化斑驳，上门槽的顶端和下脚门椽都霉烂，剩下犬牙似的少许木头顶着。记不得哪间店铺，有块门板突然往街心倒去，险些压着行人。

# 小街风情

　　街两边的屋，瓦檐对瓦檐，门窗对门窗，几乎伸个手就能搭到对面房子的窗椽，从底下往天上望，抵得上"小街一线天"的雅号。屋对屋的檐近了，野猫常常在屋顶跳来跳去。好端端的瓦筒，被蹭得东歪西扭。屋瓦顶被滚动得"嗦嗦"作响，接着撒下泡尿，顺着瓦槽往下流，不注意的人还以为是下雨呢。到了夜里，雌猫发情，散发出骚味，嗷嗷寻偶，酷似婴孩夜哭。雄猫听声，闻骚味，相聚，腾跳，滚动，两边瓦背顶被搅动得令人难以寝睡，只好个个从小窗户里探出个头，厉声喝道："死猫，快走！"

　　20世纪50年代深圳墟拆了西和街、谷行街等几条小街，打通建成了解放路。上大街的店铺纷纷迁往解放路、人民路。上大街顿时失去了商业功能，像时髦女郎卸下耳环首饰粉脂和时尚装束，刹那间失去了昔日的风采。一间间热热闹闹的商铺，成为城镇居民"静雀雀"的一家家住户。

　　这条小街住的人多了，下了几天雨，一出太阳，每家每户翻出潮湿的被单、床褥、蚊帐、棉被及不常穿的厚衣，加上有孩子人家的裤衩、尿布和姑娘们的艳丽连衣裙、袜裤、通花内裤等晾在横竹竿上。你伸过来，我搭过去，一行行，一排排，密密麻麻，随风飘扬，几乎把那从"一线天"檐缝透进来的阳光遮住了。有好几次，好些从香港过来的外国游客，钻进这街巷里，专门猎拍这充满生活情趣的市井风情，吓得那些探出头晒衣服的妇女，赶紧把头缩回去。有哪家女人，衣服拧得不干，水老往下一滴一滴地淌，人们从这一排排衣服滴水中穿过，以为是"大街太阳小街雨"景象中下着的"太阳雨"。

　　上大街岭南景致独特，市井风味的人情味也特浓。1969年底我住进上大街31号时，这条凹凸不平的青石板小街，已住上好几百户人家。由于店铺变住宅，先天"设计"不足，没厨房，没厕所，屋内临时用木板间隔，楼阁楼下挤住三四家人；那些改造成小小的厨房，摆放着三四家人的蜂窝煤炉和三四套砧板、锅、煲，一天三餐你煮我烹，一刻也没停过炊烟，但是很奇怪，大家少有争吵。有谁家煤炉早上要"起燃"，把轻便蜂窝炉从厨房提到门外，在小街这头用柴草点燃，浓烟顺着风向往街那头窜去，恰似农村院落飘着袅袅炊烟，刚出门口被浓烟呛着的人，尽管掩鼻抹眼而过，也绝没有谁骂街。

　　……

# 平平淡淡的生活

上大街从东到西没有拐角，只有小巷中间有个岔口通往鸭仔街。那时没有电视，没有音响，只有县广播站一个入室喇叭，除了定时听新闻外，还听些革命歌曲广播。街上没有卡拉OK舞厅，也没有美容洗脚屋。那年头，巷窄人多，天气炎热，每到黄昏，一缕夕阳照进街巷，大家饭后在家门口石板上，趿着木屐或穿着人字胶拖鞋，扇着葵扇在自家门口石条上纳凉、聊天、下棋；有的拿把二胡弹奏广东音乐，有的在木板楼阁上吹奏悠扬的笛子、唱粤曲，乐韵随着晚风沿着青石板小街悠然漫去。

女人在家门口石条上打毛衣，孩子们踢毽子、打玻璃珠子，男女老少，各有所乐。上大街街头街尾和中间共有三个公用水龙头，不用收费，大家自觉排队轮水挑水，没有人争先插队，没有人浪费用水。街上洗菜洗衣，谁家遗忘一盒肥皂，过了一夜没人拿，家家日不关门夜不闭户，没人偷东西。就是有了这些日复一日的买菜、淘米、洗衣、挑水、喝茶、聊天的生活细节，才积淀了老街浓郁的市井风情；也就是有了无数日出日落，邻里一针一线、一茶一水的相互关照，才沉淀了老街深厚的民情文化，孕育出岭南小街那种沉静、古朴、诚实和温润的气质。

# 回不去的故乡

　　1996 年 5 月东门改造步行街，现代化的挖掘机一砸下去，上大街没了，冒出个太阳城。从此，狭窄低矮的瓦檐相掩的、晾满衣服滴着水珠的长长小巷没了，变成六七层高的太阳城百货广场。但是，"太阳"一点也照不亮我心里。

　　南塘街、鸭仔街、猪仔街、南庆街拆了，东门老井填埋了，"思月书院"拆改翻新了，"鸿安旅馆"择地重建了，尽管一些"文物建筑"乍一看跟原样差不多，但没感觉，没味道。

　　百年老街，岭南气质，转眼间说没就没了。

　　东门还是东门，老街还是老街，地理位置没变，但整体环境变了。步行街变宽了，楼房变高了，街景现代化了，东门从古代的乡镇集市，走向今天的商业都市，整天弥漫着繁华的喧嚣、时尚和自豪，却也掺了几分浮躁和妩媚做作。有人说过，灯的发明，使白天越来越多地侵占了黑夜。东门的商业价值提升了，老街生态的人文价值却流失了。

　　时间是个过滤器，时间也是个沉淀剂。蓦然发现，真正让人留恋一辈子难以磨灭的不是钢筋水泥垒成的高楼大厦，不是五光十色的街景、琳琅满目的货物、摩肩接踵的观光购物人流；而是那凝聚着岭南风情的青石板、旧屋檐、粤语粤曲以及街坊邻里悠闲的小街情愫。

　　又一个 10 年过去了，那段生活，是那个年代的历史切片。面对时代的步伐，在享受现代文明成果的同时，我们对老街民情风俗流逝生出几分遗憾：为什么东门改造时非得要 "不破不立" ？难道世上真的没有 "甘蔗两头甜" 的兼顾？唉，"遗憾" 永远不会回头，如今那弥漫古老风情的上大街，拆了；它，只能永远藏掖在我那辈人的记忆里。

廖虹雷《深圳民俗寻踪》

# 谷行街上陈敏学为抗日传情报

陈敏学（文靖 摄）

陈文协、铃木三郎、陈敏学，这些都是同一个在老东门出生、生活过的人的名字，在这些名字背后，是一连串辛酸的故事。如今，这位76岁高龄的老人又是深圳文明市民、拥军模范。日前，记者走进了位于景田南老人的家，听他讲述那难忘的岁月。

陈敏学告诉记者，他1929年出生在深圳墟老东门的东新街。

陈敏学说，他父亲是新会人，19岁的时候到深圳，大概1925年左右到香港学武术，后来在粤剧班里演戏，做武生行当。他妈妈正在怀孕期间，到深圳墟来看妹妹，期间就生下了他。

陈敏学出生后,他父亲就从香港回到深圳,在东新街"新东方"楼下卖水果,时间长了,人们喊他"生果陈"。由于"新东方"是当时深圳墟的风月场,有"欢彩楼"、"欢月楼"的多个场所,来来往往的人很多,所以在那里卖水果生意就较好。有了一定本钱后,"生果陈"就在养生街后面租了一个两层小楼,开了个"志和旅店",二楼只有四五个房间,一楼相当于现在的"十元店"。这时的陈敏学已经在鱼街后面的深圳墟小学上学,名字叫陈文协,他还清楚地记得,当时的校长叫李云溪。1938年10月12日,日本侵略军从大亚湾澳头登陆后,不久就打到了深圳,当时日军为了主攻广州,打死了一些村民、乞丐,又杀了些猪、牛,抢了些粮食后,一两天就走了。1939年9月,日本侵略军再次在大亚湾登陆,又对深圳进行了一次扫荡,但停了几天就走了。1940年日本为攻占英军守卫的香港做准备,派"南支派遣军"岗田部队再次攻打深圳,出动飞机进行轰炸,"志和旅店"在轰炸中被炸毁。日军占领深圳后,岗田的8114部队一个加强团大概1300多人就驻扎下来,司令部设在南塘南庆街20号的鸿安酒家,一支驻在新东方,一支驻在深圳小学,一支驻在养生街。

日本侵略军除了军事上侵略外,在文化上还对中国人进行奴化教育,宣传日本法西斯思想,日军在养生街开了个学习班,逼迫小学生到那里学日语,陈敏学和四五十个孩子都被拉去学日语。为拉拢、麻痹小孩子,每周还给每个小学生一小碗大米。

……

《深圳商报》
2005 年 5 月 21 日

## 特区报纪事

《深圳特区报》和任何事物一样，必然经历一个从无到有、从小到大、从弱到强的历史过程。**尽管这份报纸的创刊有别于国际共运党报史上的一般情形，不是在深圳市委成立伊始就立即创刊，而是经历了一个从酝酿、试刊到创刊的过程。**然而，《深圳特区报》的构想萌发却始于**特区初创的拓荒年代。**

# 市委大楼里的黄泥脚印

　　曾任深圳特区报社长的吴松营回忆：1981年国庆前夕，深圳市委、市政府机关从蔡屋围原宝安县机关大院搬进新盖的大楼。六层的新楼地板是水泥砖，顶上和墙壁刷了一层白灰水，没有电梯，没有空调，连电风扇也没有。那几天，刚刚下了一场大雨，大楼前仅有的几十米水泥地面全被黄泥盖住了。于是，从新办公大楼的大厅到整个楼梯和每层楼的办公室里，都能看到密密麻麻的黄泥脚印。

　　吴松营回忆：机关食堂就在大楼东边的小山坡上，是一个几十平方米的竹子铁皮房，只有厨房没有饭厅，市府机关的工作人员买了饭菜后就蹲在旁边的石头上狼吞虎咽，斯文一点的人就拿回办公室坐下慢慢吃，结果给办公室招来一群群的苍蝇。饭堂的侧边，有果菜公司的一个小摊，给机关干部"走后门""卖一点又平又靓"的青菜。每天上午10点半左右，果菜公司的菜运到了，有人就下楼买菜，带回办公室或者放在桌子旁边或是窗台上，下班再带回家。

南兆旭《深圳记忆》

# 《深圳特区报》的创刊

　　《深圳特区报》和任何事物一样，必然经历一个从无到有、从小到大、从弱到强的历史过程。尽管这份报纸的创刊有别于国际共运党报史上的一般情形，不是在深圳市委成立伊始就立即创刊，而是经历了一个从酝酿、试刊到创刊的过程。然而，《深圳特区报》的构想萌发却始于特区初创的拓荒年代。

　　从1980年8月26日深圳经济特区正式建立，至1981年6月6日《深圳特区报》试刊，在此期间，深圳市委一方面想方设法满足特区强烈的新闻宣传需求，一方面开始酝酿创办党委机关报。

　　中央建立深圳经济特区的目的在于"发展对外经济合作和技术交流，促进社会主义现代化建设"。这使深圳产生强烈的新闻宣传需求：第一，要招商引资就要把深圳的信息传给客商。这种信息包含两方面：一是深圳相关政策的信息，客商需要知悉深圳引进资金技术以及所能享受的优惠待遇；二是深圳投资环境的信息，因为客商还需要了解道路怎么样、通信设施怎么样、当地人对外资的看法如何等等。第二，客商陆续来了，深圳的经济也日益活跃起来了，企业的产品以及提供的服务需要通过媒介广为传播。第三，深圳既然是先行一步，就要思想更为解放。而在刚刚经历了极"左"思潮的年代，深圳的干部群众也不是人人都转变了思想观念，因而，很有必要利用新闻宣传来解放人们的思想。第四，由于深圳建设的是社会主义经济特区，而在对外开放的过程中难免会有资本主义的意识形态渗透进来，加之深圳毗邻港澳，更易陷于此种意识形态的渗透。因此当时深圳建设社会主义精神文明，抵制资本主义意识形态的任务就显得既重要又迫切。自然,这在很大程度上要依靠新闻宣传来完成,这是因为"报刊、新闻、广播、电视是我们党进行思想政治工作的重要武器"。

可是,深圳建市之初是一个报业的荒漠,非但没有党委机关报,就连创刊于1956年的《宝安农民报》(后改为《宝安报》)也已于"文革"前就停刊了。到特区建立时,深圳的新闻媒介只有一个有线广播。一边是强烈需求,一边是一穷二白,对处于拓荒阶段的深圳市委来说,要落实中央建设特区的战略决策,必须建立强有力的宣传机构和队伍。因此,深圳市委便因地制宜地从如下几方面开展了初期的新闻宣传工作。首先,修复广播站,利用它传播来自中央的政策和全国的动态,以及发自深圳的声音。其次,由宣传部新闻科组成报道组,具体负责报道事宜。当时有两个任务:一是将稿件投向外地的各种媒体;二是负责接待来深圳采访的中央媒体记者,如当时新闻科的丘盘连就曾多次陪《人民日报》资深记者华山在深采访。再次,市委决定加强对外宣传工作的领导,市委书记、市革委会副主任黄施民任组长;市委常委、市革委会副主任、外事办主任叶明华,市委宣传部长李伟彦,九龙海关副关长孙广治任副组长。这个小组比市委宣传部"报道组"级别要高得多,组长是市委领导,宣传部部长只任副组长,而"报道组"的组长却只是新闻科的科长。由此可见,当时深圳市委非常重视对外宣传,这种认知与当时深圳作为全国改革开放的前沿地位是分不开的。

张昆 陈寅《旗报》

# 基建工程兵积极完成施工任务

【本报讯】参加深圳经济特区建设的基建工程兵某部，一年多来施工进展迅速，所承包的 41 项工程，有 30 项已经交付使用或即将交付使用。

去年初，这个部队千里迢迢来到深圳，在食宿问题尚未安排就绪的情况下，就投入了紧张的施工。他们先后承包了深圳市委大楼和友谊商店等工程项目达 41 项，计建筑面积 43100 平方米。

这支部队原先从事工业建设，转入民用建筑后，适时调整了组织机构，狠抓了技术培训。有关人员还经常到地方对口单位取经学习，不断改进施工技术。他们积极开展"创全优，争一流"活动，加速了施工进度，提高了工程质量，为特区建设做出了贡献。

魏烈惠 周顺斌
《深圳特区报》
1981.06.06

236
她的老街
1979-1983

# 深港合作开办
## 博雅画廊即将开幕

【本报讯】深圳博雅画廊，经过近两个月的紧张装修，即将落成开幕。

博雅画廊，是为适应我市文化事业发展需要，加强中外文化艺术交流，而由香港博雅艺术公司与深圳展览馆合作开办的。画廊位于市区中心，可供举办小型的名家书画原作、商品文物及其复制品，以及各种工艺美术品的展销使用。

画廊的装修和设备颇有特色。门面采用意大利云石装饰，光彩耀人，雅致大方；室内所有柜台、画架、橱窗及天花板均用铝制件；天花板上装有两行可移动轨道式的射灯，室内有冷空气调节设备。目前，画廊装修工作正在加紧进行，不久即可开幕。

廖虹雷
《深圳特区报》
1981.06.06

# 深圳改革开放纪事 1979—1983

## 1979 年

**1月**

### 13 日
广东省革命委员会向国务院请示，将宝安县改为深圳市，属直辖市建制。

### 23 日
为加强对宝安地区生产建设的领导，建立出口基地，发展对外贸易，中共广东省委决定将宝安县改为深圳市，由省和惠阳地区实行双重领导，按地区一级配备干部；成立中共深圳市委，任命张勋甫为市委书记，方苞为市委副书记。

### 31 日
中共中央、国务院决定在深圳市蛇口举办工业区，由香港招商局集资并负责组织实施。中央制定蛇口工业区的方针是"立足港澳，领先国内，面向海外，多种经营，工商结合，买卖结合"。

**2月**

### 8 日
香港招商局副董事长袁庚在广州向省委书记、省革委会副主任刘田夫，省委常委、省革委会副主任李建安等人转达：李先念已于 1 月 31 日批示同意广东省革委会、国家交通部向国务院报送的《关于我驻香港招商局在广东宝安建立工业区的报告》；谷牧召集有关负责人开会，研究具体落实在宝安蛇口建立中国大陆第一个出口加工区事宜。

## 14 日

国务院对广东省革委会关于宝安、珠海两县外贸基地规划设想的报告作出批复，原则上同意广东省提出的设想，并从国家预算内投资 1.5 亿元；要求在三五年内把宝安县建设成为具有相当水平的工农业结合的出口商品基地，建设成为吸引港澳游客的游览区和新型的边境城市。

## 3 月　　5 日

国务院批复同意广东省宝安县改设为深圳市，以宝安县的行政区域为深圳市行政区域，下辖罗湖、南头、松岗、龙华、龙岗、葵涌六个区；总面积2020 平方公里，总人口 358,267 人。

### 6日

中共深圳市委发出《关于发展边防经济的若干规定》，鼓励社员养猪，办集体鸡场、鸭场，开展边境小额贸易，边沿社队农产品在完成征购任务后可由外贸公司组织直接出口，发展农村商品基地，开展补偿贸易等。

市委召开各公社书记和边防部队、武装部、边防检查站、海关等负责人会议，形成《关于整顿边防治安秩序会议纪要》，对出现的偷渡外逃风和非法赴港探亲、购物风等影响社会治安问题进行研究，并提出五项具体措施。

## 4月

### 2日

中共惠阳地委根据广东省委决定任命贾华为深训市委副书记、市革命委员会主任。曹喜芝为市委副书记；李新亭、刘正义、叶明华、李定、陈仁为市委常委、市革委会副主任。

### 5日至28日

中共中央在北京召开经济工作会议。广东省提出"建设运用国际惯例，将深圳、珠海和汕头划为对外加工贸易区"的提议得到中央领导人的重视。邓小平说，可以划出一块地方，叫作特区。"中央没有钱，你们自己去搞，杀出一条'血路'来"。

根据邓小平的倡议，中央工作会议决定在广东省深圳、珠海、汕头和福建省厦门等地"试办出口特区"，并对两省采取特殊政策和灵活措施，加快发展地方经济。

## 24日

市委发出《关于制止偷渡外逃和整顿社会秩序的通知》，决定开展一次群众性反外逃的统一行动，共同把社会治安搞好。

## 5月

### 1日

中共深圳市委向广东省委请示，提出：加速发展农业，提供更多农副产品出口；允许外商独资或合资在深圳建房设厂；积极发展旅游业，引进外资兴建旅游宾馆，简化出入境手续；开设外币商店，代销外国厂商产品。

### 14日

国务院副总理谷牧视察深圳，指出：中央决定广东先走一步，搞快一点，你们完全有这个条件。港澳居民绝大部分是广东人，广东同志要出一把力，从香港引进技术，搞来料加工，利用我们廉价的劳动力，很有前途。利用港澳条件，加快我们的建设步伐，要很快赶上上海的工业水平，赶上世界的先进水平。光旅游、来料加工赚外汇不行，要到港澳市场、国际市场上去闯。我们一定要把深圳、珠海这两个开放点搞好。

### 21 日

市委向惠阳地委请示，要求成立中共深圳市委纪律检查委员会，书记由方范兼任，曾玲为第一副书记，欧阳杏、张玉为副书记。9 月 10 日，惠阳地委批复同意。

## 6月

### 6 日

深圳市革委会发出《关于城镇建设管理暂行规定的通告》，提出城镇建设必须按统一规划进行，在市区内的基建项目须市计委批准，临时用地不准搞永久性建筑等。

### 23 日

中共中央主席华国锋出席五届全国人大二次会议广东省代表团讨论会，他说：中央同意在深圳、珠海搞特区，搞成特区就可能发展快一些。因为广东同别的省不一样，它有特殊的有利条件，广东是祖国的南大门，面对着港澳，实现四个现代化，广东能够发展得快一点。我们派谷牧同志去那里，专门作些调查研究，听取省领导和各方面意见，他回来后给中央写了报告。

## 7月

### 15 日

中共中央、国务院下达 50 号文件——《中共中央、国务院批转广东省委、福建省委关于对外经济活动实行特殊政策和灵活措施的两个报告》，同意这两个省在对外经济活动中，实行特殊政策和灵活措施，并在深圳、珠海、汕头、厦门设置"出口特区"。特区内允许华侨、港澳商人直接投资办厂，允许某些外国厂商投资设厂，利用外资进行市政建设等。

## 8月

### 21日

中共深圳市委发出《关于继续抓好反外逃工作的指示》，要求各区、公社党委负责人带队下去，调查外逃原因，检查工作漏洞，做好思想工作，对煽动外逃和引渡的坏人坚决打击，加强基层干部队伍的整顿等。偷渡外逃是深圳的突出问题。自1951年封锁边界以后出现过多次偷渡外逃高潮。1979年1月至5月份，逃出人数依次为: 285人、1565人、1855人、1894人和5458人。

### 25日

深圳市旅游局创建西沥湖度假营，购置了10只游艇，10支小口径步枪，10辆自行车，30顶帐蓬，于9月20日开始对外营业。

## 9月

### 22日

国务院副总理谷牧就贯彻执行《中共中央、国务院批转广东省委、福建省委关于对外经济活动实行特殊政策和灵活措施的两个报告》的若干问题，同广东省委负责同志谈话。谷牧与省委领导习仲勋、杨尚昆、刘田夫等座谈时指出：特区怎么搞？一要搞立法，二要有实际行动，搞几个样板，通过实践，不断总结经验。合资经营也好，独资经营也好，这里能赚钱，有吸引力，对港澳能起稳定作用。来料加工，合资办厂，独资办厂等可以参考港澳的办法。关于贷款搞建设，盖房子，特区要有点孙悟空精神，受条条框框束缚不行，要搞活，步子要大一些。城市规划要抓紧搞。

## 10月

### 13日

深圳市革委会发出《关于制止在对外经济活动中违章活动的通知》，在开展对外经济活动中，严禁机关、企业、部队人员经边境社员托港方购买电视机、手表等物品；在与港方签订合同中，生活资料不得列入合同内等。

### 17日

市委向省委请示深圳市建制的问题，要求将深圳市从现有建制调整为一市一县建制，在市的范围内，恢复宝安县建制。

### 31日

广东省委召开"出口特区工作座谈会"，讨论研究创办特区的方针、政策和做法，并建议中央将"出口特区"改称为"经济特区。

**11月**　　26 日
广东省委、省革委会决定：将深圳市由原省地双重
领导的体制改为地区一级的直辖市，直属省领导。

**12月**　　8 日
中共深圳市委常委举行扩大会议，号召全市人民克
服两大困难：一是偷渡严重，群众思想动荡，基层
干部工作缺乏信心；二是深圳经济建设大发展的物
质基础薄弱，城镇建设力不从心。要解决这两大困
难，各级党委要树立创业思想，艰苦奋斗，解决矛
盾，尽快改善农民、工人生活，做好工作，完成全
年任务，为明年工作打好基础。

11 日至 13 日
中共中央政治局委员、国务院副总理王震视察深圳。

12 日
广东省委形成《关于建立经济特区几个问题的汇
报提纲》，省委书记吴南生代表广东省委到北京
向中共中央、国务院汇报筹建特区的情况。

14 日
市革委会发出《关于坚决制止违章建筑的通知》，
重申市内一切单位和个人必须严格按照国家基本

建设程序办理，一切违章建筑一律停止施工，凡违章建筑的单位和个人，将追究责任，严肃处理。

## 21日

广东省副省长曾定石、中共深圳市委书记张勋甫、招商局代表金石签署《关于经营蛇口工业区的内部协议》，明确工业区定名为"招商局蛇口工业区"，规定了工业区的范围，经营管理方法、土地和土地使用费，税收、职工、工资、外汇管理、电力供应、供水、粮食供应等问题。

# 1980 年

**1 月**

23 日—2 月 7 日

中共中央政治局委员、中央秘书长兼中央宣传部部长胡耀邦先后到广州、中山、顺德和深圳、珠海两个经济特区视察。

**2 月**

9 日

深圳市革委会发出《关于深圳市市区范围内使用土地规定的通知》，规定任何单位和个人不得擅自批准用地，所有基建项目由市城建部门统一规划安排用地，报经市革委会审查批准后方能使用。

**3 月**

22 日—23 日

国务院副总理谷牧视察深圳。他在听取广东省委领导汇报后说，去年中央发出的 50 号文件，对广东、福建两省实行特殊政策、灵活措施，这在我们党的历史上还是第一次作出这样的决定。特区，到底搞成什么样？我们只能在实践中总结经验，不断改善。

**30 日**

国务院召开粤、闽两省工作会议，筹划"出口特区"，具体研究广东省如何实行特区政策和灵活措施。会议对"出口特区"的提法进行了修改，认为叫"经济特区"与邓小平和中央的举办特区的初衷更贴近。

**4 月**　　**27 日**

中共中央副主席、全国人大常委会委员长叶剑英视察深圳，并为蛇口工业区题词："香港招商局蛇口工业区"。

**5 月**　　**5 日**

经广东省经济特区管理委员会批准，深圳市第一家港商独资企业——新南新印染厂（后为深圳中冠印染有限公司）在葵涌兴建。

**16 日**

中共中央、国务院批转《广东、福建两省会议纪要》。《纪要》指出：试办经济特区，在经济上、意识形态上，有一个谁战胜谁的问题，而我们又缺乏经验，因此，必须采取既积极又慎重的方针。广东应集中力量把深圳特区建设好。特区的管理，采取与内地不同的体制与政策，特区主要实行市场调节，为了吸引侨商、外商投资，所得税、土地使用费、工资可略低于港澳。

## 8月

### 10日

深圳市革委会颁发《关于加强城乡市场管理的布告》，制订9项具体规定，促进正当集市贸易，取缔非法活动，沟通商品交流，活跃城乡经济。

### 26日

五届全国人大常委会第十五次会议决定：批准国务院提出的《广东省经济特区条例》，《条例》规定在深圳、珠海、汕头设置"经济特区"。国家进出口管理委员会和国家外国投资管理委员会副主任江泽民受国务院的委托，在会上作了关于在广东、福建两省设置经济特区和《广东省经济特区条例》的说明，深圳经济特区正式宣告成立。

## 10月

### 4日

深圳市革委会发出《关于清理整顿市区私人住房与建房问题的通知》，要求对市区的私人住宅进行登记，作出市区住宅户住地产权归国家所有，不准买卖，交纳土地使用费，如城市建设需要，国家有权征用其住宅等规定。

## 11月

### 25日

市革委会颁布《深圳市农村实行特殊政策、灵活措施有关问题的暂行规定》，提出兴办农工商联合企业，利用当地资源，办畜牧业、养殖业、种植业、商业、运输业、建材业加工业、旅游业等。

## 12月

**8日至10日**

国务院副总理谷牧，由国家出口管理委员会副主任江泽民和广东省委第二书记任仲夷陪同视察深圳。10日，谷牧说：两个特区建设刚刚开始的时候，省里应该在财力、物力上给予支持，我看比较现实的办法是在政策上开明一些，放手让他们去干，要钱、要物没有，要政策明确几条。

**13日**

中共中央总书记胡耀邦接见袁庚。袁庚汇报了蛇口工业区发展情况和建设蛇口工业区的五点体会（即内外结合、要有相应权利要能筹措资金来源、要按经济规律办事、要从艰苦的基础工程做起）。

**28日**

全国人大常委会副委员长杨尚昆视察深圳。

**30日**

深圳出入境边境检查总站成立。

# 1981年

## 1月

### 7日

深圳市革委会颁发《关于外来人员的政策处理及管理规定》，概凡有合法边防证件的，因工作需要，期满可以续约；凡有违法行为的一律清出特区。

### 20日

深圳市第一栋高层建筑电子大厦破土动工。该大厦共20层，高699米，总建筑面积14455平方米，总投资664万元。

### 21日

中共中央办公厅转发《广东省、福建省实行特殊政策、灵活措施座谈会纪要》。指出：广东、福建的特区是经济特区，不是政治特区。广东、福建的各级党委要拨乱反正，大胆细心，善于诱导，勤于总结经验。要做到既实行对外开放，又坚持四项基本原则；既要发展经济，又要保持良好的社会风气。做搞好经济的模范，做抵制资产阶级思想和各种腐朽的社会风气侵蚀的模范，把特区工作搞好。

## 2月

### 2日

经中共中央批准,梁湘任中共深圳市委第一书记,免去其中共广州市委第二书记职务;免去吴南生的中共深圳市委第一书记职务。

全国首家生产美国百事可乐饮料的中美合资企业——深圳饮乐汽水厂签约,美方投资700万美元,中方合作资金折合160万美元,合作期15年。该厂于7月破土动工建厂,12月设备安装调试运行。翌年1月试产,8月正式投产。产品有百事可乐、美年达等五个品种,产品80%外销。

## 3月

深圳市革委会颁布《关于加强沙头角镇市镇建设和城镇管理的决定》,决定成立沙头角镇的市镇建设领导小组,统一规划全镇的建设、管理工作。

### 24日

市委、市革委会颁发《关于坚决打击走私活动的意见》,开展查私行动,惩办走私惯犯,严格边防管理制度。

## 4月

### 14日

国务院副总理万里在交通部、国家经委、国家计委等部门负责人和广东省负责人任仲夷、吴南生的陪同下视察深圳经济特区,在听取吴南生和梁湘关于经济特区的汇报后，发表了重要讲话。他指出，人事制度不改革，经济改革就搞不彻底。办特区，人要自由招聘，庞大的行政机构，提高不了工作效率。要搞企业管理，不能搞官僚管理。建设一个新城市，首先要把规划搞好，其次就是制定法律。办特区，允许你们创新，允许你们犯错误。办特区的目的，就是要用特殊的政策、特殊的办法，促进经济的发展。

## 22 日

经国务院批准，招商局蛇口工业区码头对外国籍船舶开放。

## 5 月

### 4 日

中共深圳市委向广东省委提交《关于深圳经济特区范围和管理的请示报告》，提出深圳经济特区的范围为："东起大鹏湾的背仔角，往西南延伸至蛇口、南头公社一甲村止的海岸边界线以北，北沿梧桐山、羊台山脉大岭古、打鼓嶂、嶂顶、九尾顶、髻山、大洋头以及沙湾检查站，独树村、白芒大队以南的狭长地带，总面积 327.5 平方公里。"

## 6 月

### 5 日

深圳市革委会颁布《关于农村经济政策若干具体问题的规定》，提出既要把经济搞活，又要加强管理；农村实行各种形式的责任制，要加强领导；

要妥善安排农村基层干部；发展农村多种经营，鼓励社员搞家庭副业，发展农工商企业。

## 6日

广东省委常委举行扩大会议，讨论对外经济工作和特区工作。任仲夷在讲话中提出几点意见：（一）要鼓励投资。鼓励港澳商人、华侨、外商到广东来投资，与广东合作办厂、办各种企业事业，并给予优惠待遇。（二）要鼓励出口。要树立一个明确的思想，出口成效大，经济发展就快，在出口贸易上，一定要解放思想，积极支持和鼓励更新，对妨碍产品出口的某些规定，要坚决加以更改。（三）要更加开放。特区实行的某些政策和办法，要有选择地逐步推广到广州以及其他中等城市。（四）要更加灵活。进一步搞好扩大企业自主权，以提高经济效益。

## 7月

### 17日

深圳市第一个土地审批机构——深圳市土地管理领导小组成立，由市委、市政府、罗湖区以及11个政府部门的负责人组成。

## 8月

### 14日

深圳经济特区发展公司与香港联城企业签订协议，合作开发后海湾，建设文锦渡工业区，乙方投资24亿港元，合作年限30年。

## 21日

中共广东省委书记集体办公会议形成《关于深圳经济特区领导班子配备等问题的会议纪要》，主要内容：（一）深圳经济特区的政治待遇和广州市相同，领导干部逐步按广州市的规格配备。（二）深圳经济特区党委和政府的领导班子，应严格按照革命化、年轻化、知识化、专业化的要求配备，务求今年内落实。（三）关于特区党委、政府的机构设置和编制问题，按照精简、高效原则，由省委组织部、省编委研究确定，实行党政分开，"官"商分开。政府机构设置不应要求与省政府对口。实行新的工资制度。

## 24日

广东省委、省政府批复《关于深圳经济特区范围私人建造住宅问题》指出，土地属国家所有。特区范围内的土地必须有计划地开发利用，由特区政府统一经营管理。

## 9月 29日~30日

国务院副总理薄一波视察深圳：指出：要充分认识办特区的意义，要有高度的自觉性；合资经营、合作经营、独资经营，我看都可以搞，不要怕；你们搞了旅游业、房地产业还不够，还要搞一些规模较大的工业，真正形成经济特区，没有工业

不行；中央对经济特区的政策不会变，你们要有
信心，一定要搞成。

## 10月

### 15日

中共深圳市委召开三级干部会议，宣布广东省委
《关于任命中共深圳市经济特区委员会、广东省
深圳市经济特区人民政府班子成员的通知》：（一）
中共深圳市经济特区委员会常务委员会由梁湘、
周鼎、周溪舞、方苞、罗昌仁、刘波、林江7位
同志组成。梁湘任书记，周鼎任副书记，方苞兼
市委政法委员会主任，刘波兼市委纪律检查委员
会书记，邹尔康任市委秘书长。（二）广东省深圳
市经济特区人民政府由梁湘任市长，周鼎、周溪舞、
罗昌仁任副市长；甄锡培任秘书长，李新亭、李定、
舒成友任副秘书长。同时还宣布深圳市经济特区
人民政府党组由周鼎、周溪舞、罗昌仁、甄锡培4
位同志组成，周鼎任书记，周溪舞任副书记；成
立深圳特区发展公司，司马鲁任董事长；恢复宝
安县建制。

## 11月

### 17日

广东省五届人大常委会第十三次会通过并颁布4
个单行法规：《深圳经济特区土地管理暂行规定》
《广东省经济特区企业劳资管理暂行规定》《广
东省经济特区企业登记管理暂行规定》《广东省
经济特区入境出境人员管理暂行规定》，均自

1982 年 1 月 1 日起施行。

## 12 月

### 12 日
中共深圳市委颁发《关于恢复宝安县建制的几项政策措施》。

### 21 日
广东省政府函复深圳市革委会 10 月 24 日呈送的《关于深圳市经济特区人民政府名称问题的请示报告》：经国务院批准同意定名为"深圳市人民政府"。

# 1982 年

**1 月**　29 日

深圳市政府批准深圳特区发展公司与香港深城投资公司合作改建旧城区的合同，协议投资 1.5 亿港元，合作年限 30 年。

本月新中国成立后引进的第一家境外银行——南洋商业银行深圳分行开业。

**2 月**　1 日至 6 日

中共深圳市委召开县以上干部会议，由梁湘和周溪舞传达中央领导在 1981 年 12 月北京召开的各省、市、自治区第一书记座谈会上的讲话和广东省委召开的地、市委书记会议精神，以及省委领导关于反对走私问题的指示。会议还讨论了《深圳经济特区社会经济发展规划大纲》（草稿）。

**3 月**　28 日

国务院副总理谷牧视察深圳，在听取市委领导汇报后说，两年多的时间，国家、省会没有给多少钱，就是靠中央给的方针、政策平地起家，搞成这个

局面很不容易。实践证明，中央试办特区的决策
是正确的。

**4月**　**1日至8日**

深圳市政府召开《深圳经济特区社会发展规划大
纲》评审会议，应邀参加会议的有北京、上海、
南京、杭州、厦门、沈阳、广东等省市的知名专家、
教授及工程技术人员共73人。

**30日**

深圳市第一幢超高层楼宇国贸大厦破土动工。该
大厦高160米，53层，总面积为10万平方米，
1985年12月29日竣工，工程质量达到国际标准。
1984年3月15日，新华社报道，深圳国际贸易
中心大厦施工单位创造了三天一层楼的我国建筑
史上的新纪录。从此，"三天一层楼"，成为深
圳速度的象征。

**5月**　**24日**

市委机关报《深圳特区报》创刊，初期为对开4
版的周报，向国内外发行，1983年12月1日起
改为日报。

**6月**　**1日**

深圳市政府决定，在大鹏湾兴建深水港，首期工
程建万吨泊位1个、5000吨泊位。

市政府颁布《深圳经济特区近期发展纲要（1982~1985）》，指出：《纲要》是迅速形成特区社会生产力的重要部署，是特区能否建成的关键，各级领导要高度认识发展特区工业的重要性。

## 2日

国务院批准《广东省深圳经济特区二线设防和管理方案意见的报告》。《报告》就特区二线设防原则、位置、投资、经费、外汇和人员编制等问题作了原则规定，并强调二线设防应做到严密控制，综合管理。特区二线设防的原则是全线设防，严格控制，综合管理。设防的位置与特区分界线一致。

## 14日

经国务院批准，南山开发股份有限公司成立，袁庚任董事长兼总经理。该公司由深圳特区发展公司、招商局轮船公司、南海石油东部公司、中国建设财务（香港）公司、华润公司、黄振辉投资有限公司联合投资设立，全面负责开发建设赤湾石油后勤基地。

## 7月

## 5日

深圳市政府向广东省政府呈送《关于引进外资改造深圳火车站及罗湖口岸的请示报告》。

## 8月

### 20日

香港总督尤德爵士一行访问深圳。

### 21日

深圳市委、市政府颁布《关于对高中级专业技术干部给予优惠待遇问题的几项规定》。规定凡具备中级以上职称的专业技术干部可享受有关政治、生活方面的优惠待遇。

## 9月

### 1日

深港双方同意，凡与有经济合作关系的港商私家车可从文锦渡口岸进出。

### 14日

深圳经济特区重大建设工程之一的八卦岭工业区破土动工。该工业区占地总面积为 1.2 平方千米，总投资 2.8 亿元，总建筑面积 200 万平方米，共118 栋标准厂房和专业厂房。

## 10月

### 1日

罗湖口岸实施除持来往港澳通行证及中国普通护照者外，所有旅客均可在延长关闸时间内出境。

### 15日

由深圳特区发展公司与香港志强发展公司合作经营的香蜜湖度假村举行首期工程主楼封顶及植树典礼。该度假村为综合性的旅游项目，总投资 2.2 亿港元。

## 22 日

广东省委、省政府向中共中央、国务院报送《关于试办经济特区的初步总结》。《总结》概括了特区建设的成效和缺点，提出几点体会：（一）必须不断通过实践，总结经验，提高认识；（二）坚持三中全会的路线，实事求是，解放思想；（三）特区建设要脚踏实地，稳步前进；（四）特区更应抓好社会主义精神文明建设；（五）与内地实行联合是加快特区建设的一项重要措施；（六）加强特区的领导和管理。同时提出迫切需要解决的几个问题。深圳市委、市政府于 9 月 25 日向广东省委、省政府并中共中央、国务院呈送《深圳经济特区试办情况的初步总结》。10 月 30 日，中共中央政治局常委、中央纪委书记陈云在这个《总结》上批示："看了广东 10 月 22 日试办特区初步总结，很好。""要不断总结，因走私分子会用各种方法。此件上说的不能以罚代刑很好，必须既有罚又用刑。""特区要办，必须不断总结经验，力求使特区办好。"

## 11 月

### 5 日

国务院、中央军委决定，调中国人民解放军基建工程兵 2 万人到深圳执行基建任务并将改编为市属施工企业。本月起，2 万基建工程兵先后从上海、天津、唐山、沈阳、本溪、鞍山、汉中、西安、郑州等地开赴深圳，支援特区建设。为做好这项工作，市委、市政府决定成立基建兵工程调遣、改编工作领导小组，周鼎任组长，徐馨来（基建工程兵参谋长）、罗昌仁任副组长。1983年9月13日，市政府发出《关于基建工程兵2万人集体转业改编为我市施工企业的通知》，在深基建工程兵集体转业改编为市属建筑施工企业，划归深圳经济特区建设公司管理，并于11月18日召开深圳市基建工程兵2万人改编大会。

## 12月

### 1日至2日

全国人大常委会副委员长彭冲视察深圳。他对深圳在短短两年多时间取得显著成绩表示称赞，说：中央试办经济特区是下了决心的，对外开放是坚定不移的，办特区要大胆创新，敢于突破旧的东西，要办好社会主义第一个特区，要搞好特区立法工作。

### 3日

中共中央、国务院批转了《当前试办经济特区工作中若干问题的纪要》，并再次肯定试办经济特区，是我国在新的历史时期贯彻实行对外开放政策的一项重要措施。《纪要》总结了3年来做的主要工作和存在的问题，并提出需要解决的几个问题：（一）特区要有更多的自主权；（二）各特区的总体发展规划，由国务院审批；（三）各特区建设所需物资，人民生活必需的商品，国家尽量给予支持；（四）各特区本身的进出口贸易，在国家统一政策指导下自主经营；（五）各特区建设发展的资金来源，主要依靠吸收利用港澳资金、侨资和外资；（六）特区的各种税收应当实行优惠待遇；（七）加速制定和完善经济立法；（八）帮助特区解决所需的干部和专门人才，等等。

## 18 日至 19 日
中共中央政治局委员胡乔木视察深圳，对特区的经济性质、特区的作用、特区文明建设、特区企业党群工作和特区货币等作了指示。

## 21 日
经国务院批准，恢复宝安县建制。宝安县由深圳市领导，县府设在西乡。

## 1983 年

**1月**

**14 日**

中共深圳市委决定，筹办深圳大学，学校用地
1500 亩，校址设粤海门深圳湾畔，设 16 个专业。
3 月 8 日广东省政府批复同意创办深圳大学。建校
总投资 5000 万元，全部由深圳市负担。学校由省、
市双重领导，党政工作以市为主。5 月 10 日，经
国务院批准，创办深圳大学。9 月 26 日经中央批
准，张维任深大校长，罗征启任第一副校长，方生、
杨伊白任副校长；27 日市委、市政府在深圳戏院
举行深圳大学成立暨第一届开学典礼。

**18 日至 21 日**

中共中央政治局委员王震视察深圳。20 日，王震
视察蛇口工业区和西沥湖水库度假村，听取广东
省委常委、深圳市委书记梁湘、副书记周鼎等的
工作汇报。王震在视察中指出，我们办特区，对
统一祖国，台湾回归，收回港澳有很大作用，是
光荣任务。王震还看望并接见了正在西沥湖水库
度假村参加宝安县 1982 年度劳动致富表彰大会的
万元户代表，与他们亲切交谈，赞扬他们勤劳勇

敢致富的精神，希望他们继续努力，富了还要更富。他说：深圳特区三年间变化巨大，成绩显著，这都是党的十一届三中全会对外开放政策带动的成果。办特区是党既定政策，是不会变的。他勉励大家在党中央和省委领导下，继续努力，为开创特区建设的新局面作出更大贡献。

### 31 日
市委决定成立改革领导小组，梁湘任组长。

## 2 月

### 7 日至 9 日
中共中央总书记胡耀邦、中央书记处候补书记郝建秀等视察深圳经济特区。胡耀邦作了重要指示，给特区题词："特事特办，立场不变；新事新办，方法全新。"

### 16 日至 17 日
中共中央政治局委员、全国人大常委会副委员长廖承志、杨尚昆视察深圳。参观西沥水库时，杨尚昆提议将西沥水库改名为"西丽湖"，廖承志当即题写了"西丽湖"三个大字。

## 3 月

### 10 日至 11 日
深圳市第一届人民代表会议召开，来自全市各阶层、各战线的 365 名代表出席会议。市长梁湘作《政府工作报告》。会议选出全市出席省六届人大代

表 28 名。

## 14 日
深圳特区发展公司与香港合和中国发展（深圳）有限公司合作兴建火车站和口岸联检大楼合同签字仪式在深举行。

## 25 日
市政府决定，兴建深圳科学馆、博物馆、电视台、图书馆、大剧院、深圳大学、体育中心、新闻中心等八大文化设施。

## 25 日至 28 日
市委召开全市改革工作会议，梁湘作《坚持"新事新办，特事特办"搞好特区的改革》的报告，提出改革要从特区的实际出发，全面、系统、有秩序地进行；切实加强改革工作的领导，明确改革的指导思想，改革的重点、办法、步骤、要求，动员全市人民积极投入改革中去，开创特区建设的新局面。

## **4 月**

### 6 日至 13 日
国务院副总理谷牧视察珠海、深圳、汕头三个经济特区。他指出，国家没给多少钱，又在认识不那么一致的情况下，短短几年内打开这样的局面很不简单。前几年还怀疑特区能不能站得住脚，现在看可以站得住了。要认真总结经验，不断前进，大胆创新，大胆试验，走出一条新路子来。

## 23 日

首届深圳书市展在深圳展览馆开幕。书市展是由博雅画廊与香港中华书局联合举办的，展出香港70多家出版社发行的中外文书刊 15 大类 10000 多种。

## 5月　2 日

中行深圳分行、香港招商局、香港上海汇丰银行、香港美丽华酒店企业公司达成协议，合资在蛇口工业区兴建并经营南海酒店。总投资 8000 万港元，占地面积为 35000 平方米。

## 30 日

市政府公布《深圳市第一批文物保护单位》。计有：东江游击纵队指挥部（1938 年）、南头城南门和北城墙（明代）、鹏城南门、东门（明至清代）、赤湾左炮台（明代至鸦片战争），大梅沙古遗址（原始社会至周、汉代）、宋少帝墓（1279年南宋末代皇帝）、刘起龙墓（清嘉庆、道光年间历史人物）。

## 6月　13 日

深圳首先提出发行股票，深圳市政府批准三和有限公司成立。三和公司是由深圳特区发展公司、市粮油仪器进出口公司、市食品饮料工业公司、中航技深圳工贸中心联合设立，人行、中行深圳分行为该公司股权证、债券发行的法定代理人。

**15日**

邓小平听取谷牧汇报特区情况时指出：特区要坚决办下去，不能动摇；特区的发展要与香港互为依托，两家联合起来打进国际市场。

**7月**　**6日**

深圳市政府颁布关于《深圳经济特区居民证》、《深圳经济特区暂住证》的暂行规定。

**8月**　**16日**

深圳市组建远洋船队，市航务公司"南鲲"号首航伦敦。

**9月**　**8日**

深圳第一家驻外贸易业务机构——深业贸易有限公司在香港开业。

**25日**

经国务院和广东省政府批准，深圳蛇口工业码头正式成为国家对外开放口岸。新建的客运码头和联检大楼启用。

## 10 月

### 31 日

日本三洋株式会社独资兴办的三洋电机（蛇口）公司成立，该公司是日本在深圳设立的第一家独资企业。

## 11 月

### 10 日

中国海洋直升飞机专业公司开业。深圳直升飞机场位于南头，3 月 28 日动工兴建，10 月 12 日竣工并交付使用，总投资 5000 万元，可停放 40 架直升机。

### 18 日

深圳市政府颁布《深圳市实行社会劳动保险暂行规定》。

市委决定：蛇口工业区成立市辖行政区，按现有四个市辖区的办法设置机构。

## 12 月

### 6 日至 8 日

中共深圳市委、市政府邀请东江纵队领导和部分老战士到深圳参加东纵成立 40 周年活动。原东纵领导曾生、尹林平、王作尧、杨康华、周伯明出席。叶剑英、徐向前、聂荣臻元帅为纪念东纵成立 40 周年题字、题词，王震写了贺信。廖承志生前为《东江纵队史》写了序言。

### 23 日

深圳市科学馆动工兴建，总建筑面积 12000 平方米，总投资 900 万元，主楼高 9 层，是一座圆形八角楼，为深圳八大文化设施之一。

## 29 日

经国务院、省政府批准，深圳市成立罗湖、上步、南头、沙头角四个行政区。四个行政区属县级建制，成立区委，为市委派出机构，行使地方一级党委职能；行政管理设立办事处，为市政府派出机构，作为今后区政府的过渡，现在行使一级政权机构职能。

## 31 日

新华社年终报道深圳经济特区建设成就：深圳经济特区建设速度罕见，现代化城市雏形已经形成，从罗湖到上步 24 平方公里的新城区出现在人们面前。办特区以来基建总投资达 19 亿元，竣工总面积 350 万平方米，已建成 200 多家工厂，多是引进外资和先进技术设备建设起来的。今年已完成总长 162 公里、面积 400 多万平方米的市区公路网，已建成一个万吨级泊位码头、一个直升机场、14000 平方米的电讯主体工程。从国外引进的 2000 门程控电话已投入使用。

**节选自深圳市史志办公室**
**《深圳改革开放纪事 1978-2009》**

**图书在版编目（ＣＩＰ）数据**

她的老街：1979–1983 / 张黎明著 . –– 深圳：深圳报业集团出版社，2016.11
ISBN 978–7–80709–767–9

Ⅰ . ①她… Ⅱ . ①张… Ⅲ . ①深圳 – 地方史 – 1979–1983 Ⅳ . ① K296.53

中国版本图书馆 CIP 数据核字 (2016) 第 265169 号

《**我们深圳**》丛书
深圳市文化创意产业发展专项资金资助项目

**她的老街：**
**1979—1983**
Ta de Laojie: 1973—1983
张黎明 著

深圳报业集团出版社出版发行
（深圳市福田区商报路 2 号 518034）
中华商务联合印刷（广东）有限公司印制 新华书店经销

开本： 889mm x 1230mm 1/32
字数： 220 千字
版次： 2016 年 11 月第 1 版 2016 年 11 月第 1 次印刷
印张： 8.5
印数： 1—3000 册
ISBN 978-7-80709-767-9
定价： 45.00 元

深报版图书版权所有，侵权必究。
深报版图书凡是有印装质量问题，请随时向承印厂调换。